KB273188

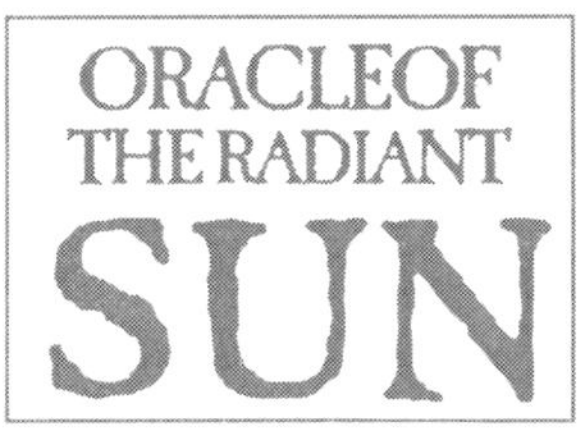

선 오라클

캐롤라인스미스 & 존 애스트롭

인생을 보여주는 점성술 카드, 선 오라클 개정증보판

당그래

선 오라클

초판 1쇄 | 발행 2006년 2월 20일
개정판 2쇄 | 발행 2017년 7월 10일

펴낸곳 | 당그래
지은이 | 캐롤라인 스미스 & 존 애스트롭
옮긴이 | 김 균 태
펴낸이 | 이 춘 호

등록 | 제2-4293호 등록일자 1989년 7월7일
주소 | 100-250 서울 중구 예장동 1-72(퇴계로 32길 34-5)
전화 | (02) 2272-6603
팩스 | (02) 2272-6604
E-MAIL | dangre@dangre.co.kr

값 30,000원 (책과 카드 84장을 포함한 가격임)

당그래는 논이나 밭의 흙을 고르거나 씨뿌린 뒤 흙을 덮을 때, 곡식을 모으거나 펼 때 사용하는 우리 농기구 이름입니다.
당그래출판사는 각지 사방에 흩어져 있는, 우리 삶에 양식이 될 원고를 모아 정성들여 펴내는 일을 하는 곳입니다.

CONTENTS

ORACLE OF THE RADIANT SUN

Caroline Smith & John Astrop
All rights reserved.
Korean Translation copyright © 2006
by **Dangre Publishing Company**
The Korea translation rights arranged with
Eddison Sadd Editions Limited,
through Eric Yang Agency, Seoul, Korea.

*지은이 소개

캐롤라인 스미스 | CAROLINE SMITH

레이게이트 미술대학에서 패션과 그래픽 수업. 70년대 초반에는 하퍼즈, 퀸, 엘리, 보그, 코스모폴리탄 등 잡지의 주요 패션 삽화가로 일함. 메리 퀘인트, 리버티즈, 심프슨 등의 주요 기사를 편집하고 삽화를 그림. 70년대 후반에는 삽화 일괄 작업을 함. 80년대 초반부터 오직 그림에만 집중했고, 홍콩, 싱가포르, 이집트 등에 있는 호텔 벽화를 많이 작업함. 영국과 유럽에 상설 전시관이 있고 현재 프랑스에 거주.

존 애스트롭 | JOHN ASTROP

약 150권의 아동 도서를 쓰고 삽화를 그린 존 애스트롭은 점성가이자, 작은 지역 밴드에서 기타와 키보드를 연주하는 재즈 음악가이다. 60년대 후반에서 70년대 초반까지 에릭 힐과 함께 런던에서 디자인 모임을 운영했다. 아동 도서를 쓰고 삽화를 그리기 위해 70년대 후반 전원으로 이주했다. 몇 마일 안에 매우 아름다운 해변이 있는 프랑스 남서 지역의 오래된 집에서 살았다. 재능 있는 다작 작가이며 화가이자 삽화가인 캐롤라인 스미스와 결혼. 네 명의 아이들이 있으며, 그 중 둘은 음악가이고 한 명은 심리학자, 남은 한 명은 DJ이다. 1994년에, 자녀가 태어나서 처음 학교에 들어갈 때까지의 점성학을 말해주는 부모를 위한 12개의 작은 그림책인 Little Stars를 썼다. 현재 22개국에서 팔리고 있다. 책 표지의 12캐릭터는 아동 도서와 만화 영화의 새로운 시리즈물로 발전화되고 있다.

옮긴이 / 김균태

부산 출생. 경성대 영어영문학과 졸업. 현재 저동 고등학교 영어교사 재직중

태양에 관하여…

태양과 일반적인 주요 의미

태양은 모든 행성의 중심이다. 시인과 사학자 등 고대인들은 태양을 솔(Sol), 타이탄(Titan), 일리어스(Ilios), 피버스(Phebus), 아폴로(Apollo), 피언(Pean), **오시리스(Osyris)**, 디프피터(Diefpiter)**라**고 불렀다. 태양은 워낙 밝아서 사람들이 항상 볼 수 있다. 태양은 1년동안 12궁(宮)을 모두 통과한다. 태양의 일주운동(日周運動)은 때로는 23시간 57분 16초이고, 때로는 그 이상이 되기도 한다. 그러나 절대로 61분 6초를 넘지는 않는다. **따라서**, 태양의 평균 일주운동은 23시간 59분 8초이다.

매우 강렬할 때의 모습

신의가 깊고 약속을 정확히 지키며 어디서든 지배 욕구가 일어날 것이다. 신중하고 판단력이 정확하며 굉장히 위엄이 있다. 부(富)와 명예를 얻는 데에 힘을 쓰고, 그것을 획득하고 나면 다시 길을 떠난다.

날씨

태양은 계절에 **따라** 날씨를 만들어 낸다. 봄에는 약간 축축한 소나기를 뿌린다. 여름에 화성과 근접하면 엄청난 더위를 발산한다. 가을에는 안개를 만들어내고, 겨울에는 비를 약간 뿌린다.

바람

태양은 동쪽 세상을 좋아하기 때문에 동풍을 동반한다.

연령

태양은 가장 왕성한 청년기를 지배한다.

일주일 중 하루

태양은 일요일 처음 한 시간과 여덟 번째 시간을 지배한다. 숫자에서는 첫 번째와 네 번째를 지배하고, 개념상으로는 4월을 지배한다. 태양은 다른 모든 행성과 친근하지만, 유일하게 토성과는 상극이다.

- 윌리엄 릴리 저서 〈점성술 입문서〉 (1647)에서 -

고대인들은 태양과 달을 관찰했고, 이후에는 행성의 움직임도 관찰하여 우리 주변 세계를 연구하기 시작했다. 인류는 계절의 순환을 파악하는 방법을 발전시켰고, 이로써 이 세상 모든 생명체의 죽음과 재탄생, 번성 등을 예측할 수 있게 되었다. 1년을 주기로 생명의 리듬을 예측할 수 있어 결과적으로, 사람들은 눈부신 태양의 궤도를 신성하게 여기고 숭배하게 되었다. 1년은 크게 춘분, 하지, 추분, 동지로 나눌 수 있다. 이는 태양 숭배의 핵심적인 시기로 여겨졌고, 돌기둥과 고인돌을 세워 태양의 주기와 황도를 관찰, 측정, 기록했다.

생명을 부여하는 강렬한 태양의 모습은 종교마다 다르게 나타난다. 새로운 모습은 이전의 모습을 대체하지만, 양력을 표시하는 상싱석인 기간은 그대로 사용된다. 태양은 아폴로 (Apollo), 미트라(Mithras), 바알(Baal), 디오니시오스(Dionysius), 오시리스(Osiris) 등 수많은 남성의 모습으로 묘사된다. 이러한 태양에게 있어서 동지는 전통적으로 탄생을, 춘분은 죽음과 재탄생을 의미한다. 많은 서양 국가에서는 태양의 날, 즉 일요일에 종교의식을 행하는 것도 이런 맥락이다.

점성술의 탄생

태양이 천구(天球)를 지나가는 길과 12개의 별자리는 고대에 밝혀졌고, 이들이 움직일 때 지구에 미치는 영향력에 대해 예측하게 되었다. 이것이 현재 우리가 말하는 점성술의 기원이다. 사람들은 점성술을 다소 불편하게 여기면서도 태양이 배치된 별자리의 해석에 대해서는 잘 알고 있다. 현재에는 태양이 지나가는 길, 즉 황도(黃道)는 정확한 별자리 위치에 따라 측정되는 것이 아니라, 양자리의 춘분점을 시작으로 30도씩 분할하여 측정된다.

최근에 사람들은 휴가를 떠나 오일과 로션을 바르고 일광욕을 즐긴다. 일광욕이 위험하다는 것을 알면서도 말이다. 이것은 태양 숭배가 현대판으로 확대된 것이라고 할 수 있다. 즉, 인류에게 가장 위대한 태양신과 달의 여신이 갖고 있는 불과 물의 정기를 계속 숭배하려는 무의식이 표현된 것이다.

눈부신 태양은 이 세상 만물에게 생명을 부여한다. 태양과 행성의 위치로 파악하는 전통적인 점성술 역시 예언에 생명력을 부여한다.

독특한 통찰력

선 오라클은 84장의 그림 카드를 바탕으로 한 독특한 체계이다. 카드에는 12궁과 12성좌(星座)에 있는 태양, 달, 수성, 금성, 화성, 목성, 토성의 의미가 설명되어있어, 쉽게 해석할 수 있을 뿐만 아니라 새로운 해석 방법을 만들어 낼 수도 있다.

호러리(Horary) 점성술(9 페이지 참조)처럼, **선 오라클**도 천왕성, 해왕성, 명왕성은 제외된다. 점성술은 신문이나 잡지에 실린 '재미로 보는' 별자리 칼럼에서부터 인생을 변화시킬 자기 내면 발견에 이르기까지 광범위하다. **선 오라클**도 마찬가지이다. 해석의 깊이도 엄청나다. 초보자는 핵심어만 이용하여 간단한 답을 얻을 수 있고, 전문가는 이 카드를 이용하여 상세하게 심리적인 방식으로 1년 운세를 볼 수 있다 (운세 보는 방법은 121 페이지부터 시작한다). 자신에게 맞는 수준에서 시작하면 강력한 태양에 대한 통찰력을 기를 수 있다.

상징 기호 파악하기

동굴 원시인들은 날카로운 송곳니를 가진 호랑이의 발자국을 보고서 근처 나무로 도망갔다. 그때부터 인간은 상징 기호를 파악해왔다. 내가 타이핑할 때 컴퓨터 스크린에 나타나는 기호는 시각적 이미지인데, 독자들이 읽을 때에는 순식간에 유의미한 체계로 변형된다. 내가 얼마나 흥미롭게 쓰느냐에 따라서 독자들이 즐거워할 수도 있고 지루해할 수도 있다. 컴퓨터는 각각의 단편적인 정보를 단순히 저장, 인출, 반복만 한다. 그러나 인간의 정신은 그러한 기능뿐만 아니라, 정보 저장소에 도달한 정보를 곧바로 변형시키는 능력도 갖고 있다. 새로 들어온 정보는 이미 저장되어 있는 다른 정보와 상호작용하고, 신념 체계, 철학, 부, 개인 경험 등을 구성하는 수천 개의 기준에 부합된다. 우리는 새로 들어온 정보를 이 모든 기준으로 판단하고 재구성한 후, 자신만의 독특한 해석을 가미하여 전달한다.

미래의 운세 보기

점성술은 상징 기호를 영감(靈感)으로 읽어내는 것이다. 이는 주로 말보다는 물리적인 관찰이나 창조된 이미지와 관련이 있다. 관찰된 자연 현상 중에서 미래 사태를 예측할 수 있는 것으로는 호랑이 발자국에서 일기 예보에 이르기까지, 점성술에서 주식 시장 추세와 경제 주기에 이르기까지 다양하다.

　인간의 정신은 **놀라**울 정도로 상상력이 뛰어나고 관찰력이 정확하다. 19세기 사진술이 발달한 초기 30여 년 간, 사람들은 사랑하는 사람들을 찍은 흑백 사진을 보고 매우 기뻐했다. 사람들은 사진의 이미지를 빛과 그늘이 만들어 낸 상징적인 모습으로 본 것이 아니**라** 그 사람 자체로 인식했기 때문이다. 이미지를 곧바로 정신적인 실재(實在)로 변형하는 능력이 있었기에, 인간의 가장 위대한 시각 체계가 만들어질 수 있었다. 그것이 바로 언어이다.

점성술에 사용되는 언어

　점성술은 하나의 언어이다. 점싱술에서 사용하는 각각의 별지리, 행성, 궁(宮)을 결합하면 글자와 단어와 구(句)가 형성되어, 점성술사들이 곧바로 그 의미를 해석할 수 있게 된다. 하나의 궁은 하나의 별자리에 의해 지배되고, 하나의 별자리는 한 두 개의 행성에 의해 지배된다.

　1)태양과 달은 편의상 행성으로 취급한다. 13 페이지에 실려 있는 천궁도(天宮圖)는 대표적인 12궁도로서, 핵심어가 각각 제시되어 있다. 궁 옆에 제시된 말은 인생 경험의 영역이다. 행성에 제시된 말은 기능이나 행동을 나타낸다. 별자리 옆에 제시된 말은 행동 성향이나 행동

점성술에 사용되는 별자리 기호	
♈ 양자리	♎ 천칭자리
♉ 황소자리	♏ 전갈자리
♊ 쌍둥이자리	♐ 사수자리
♋ 게자리	♑ 염소자리
♌ 사자자리	♒ 물병자리
♍ 처녀자리	♓ 물고기자리

점성술에 사용되는 행성 기호	
☉ 태양	♃ 목성
☽ 달	♄ 토성
☿ 수성	♅ 천왕성
♀ 금성	♆ 해왕성
♂ 화성	♇ 명왕성

1) 실제로 태양은 항성(恒星; 항상 제자리에 있는 별), 달은 위성 (衛星; 행성의 인력에 의해 그 주변을 도는 별)이다. 점성술이 발달한 고대 시대에는 천동설을 믿고 있었기 때문에 이들을 행성으로 보았던 것이다.

양식을 의미한다. 궁, 별자리, 행성을 다양하게 결합, 배치하면 모든 상황에 대한 여러 가지 해석이 가능해진다. 잡지에 단편적으로 나와 있는 주간 별자리 운세는 이에 비하면 매우 기초적인 것으로서 고유한 점성술과는 관련성이 거의 없다.

궁(宮), 행성, 별자리와 관련된 자질

궁(宮)	행성	별자리
경험 영역	기능 또는 행동	행동 성격
제1궁 : 개성, 자기 표현	화성 : 행동 욕구	양자리 : 주도권, 충동
제2궁 : 감각 세계, 재산	금성 : 소유 욕구	황소자리 : 미(美), 습득
제3궁 : 정신력, 의사소통	수성 : 지식 욕구	쌍둥이자리 : 호기심, 다재다능
제4궁 : 가정, 가족, 보호	달 : 수용력, 영양분	게자리 : 감정, 친밀성
제5궁 : 창의력, 사랑, 정열	태양 : 생명력, 성공 욕구	사자자리 : 관용, 리더십
제6궁 : 일, 효율성, 건강	수성 : 완벽 욕구	처녀자리 : 분별력, 분석, 봉사
제7궁 : 관계, 협력	금성 : 상호작용 욕구	천칭자리 : 조화, 중재, 절충
제8궁 : 감각 공유, 자기 인식	화성 / 명왕성 : 권력 욕구	전갈자리 : 정열, 자제력
제9궁 : 지식, 신념, 윤리	목성 : 성장, 확장 욕구	궁수자리 : 낙천주의, 확장
제10궁 : 성취	토성 : 통제 및 적용	염소자리 : 실용주의, 신중, 야망
제11궁 : 친구, 공동체	토성 / 천왕성 : 재현 욕구	물병자리 : 독창성, 반항, 인류애
제12궁 : 영적·신비주의적 차원	목성 / 해왕성 : 영적 성장	물고기자리 : 동정, 감수성, 상상력

결합해서 보기

앞에서 제시된 표에서 궁(宮), 별자리, 행성을 결합하면 어떠한 사람이나 사태에 대해 알아볼 수 있다. 예를 들면 다음과 같다.

예

태양/전갈자리/제3궁을 타고난 사람의 경우, 천궁도(天宮圖)에서 다음과 같은 핵심어를 찾을 수 있다.

태양	+	전갈자리	+	제3궁
성공 욕구		정열/자제력		정신력, 의사소통

이것을 확장해서 보면 다음과 같이 해석할 수 있다. 이 사람은 매우 강한 능력과 자제력을 갖고 있어서, 글이나 다른 의사소통 방식을 통해 권위를 얻을 수 있다. 이 사람은 작가이거나 언변이 뛰어난 사람일 것이다.

사람이 아니라 사태에 관한 것이라면, 다음과 같이 해석할 수 있다. 의사소통 능력을 강화하기 위해 창의적인 주제를 집중적으로 연구해야 한다. 언어 학습이나 IT 기술을 익히는 데에 전력을 다해야 하는 상황일 것이다.

사람들은 천궁도에서 자신이 속한 위치가 있다. 그리고 천궁도 내에서는 열두 가지 정도로 조합이 될 수 있다. 이것을 해석해보면 자신이 얼마나 독특한 지를 알 수 있다. 잡지에 실린 별자리 운세를 보면 "천칭자리 사람들은 결단력이 부족하다", "전갈자리 사람들은 모두 뒤끝이 나쁘다"는 식으로 나와 있다. 그런 내용보다 천궁도의 조합이 훨씬 더 정확하고 명료하다.

대부분의 현대 점성술은 천궁도를 해석하지만, 최근에는 호러리(Horary) 점성술도 효율적인 것으로 인식되어 널리 이용되고 있다. 호러리는 질문이 이루어진 그 순간에 괘를 뽑아, 정해진 규칙에 따라 해석하는 방식이다. 동일한 기본 자료를 이용하면 질문에 대해 놀라울 정도로 적절한 해답을 얻을 수 있다. 호러리 점성술에서는 태양, 달, 수성, 목성, 토성만 사용하므로, **선 오라클**에서도 이와 동일한 행성을 사용한다.

일곱 개의 행성

행성, 별자리, 궁에 대한 기본적인 개념을 파악했으니, 핵심어에 살을 붙여 확장해볼 수 있다. 각 행성, 궁, 별자리는 서로 지배관계에 있다. 점성술에서는 행성이나 궁 또는 별자리가 이 세상 모든 것을 지배하는 것으로 본다. 복잡한 것 같지만, 각 요소의 본질을 이해하기만 하면 그리 어렵지 않다. 예를 들어, 태양은 크고 뜨겁고 붉을 뿜으며 우리 삶의 중심이다. 따라서 태양은 심장, 작열하는 황색, 왕권, 쇼 비즈니스, 연기, 연극, 큰 저택, 궁궐 등을 지배한다. 이제 전통 점성술에서 다루는 일곱 개의 행성에 관해 그 의미와 지배관계에 있는 요소를 간략히 설명하고자 한다. 상세한 설명은 각 행성 카드 패의 첫머리에서 하기로 한다 (23, 37, 51, 65, 79, 93, 107 페이지 참조).

태양(SUN)

태양은 태양계에서 생명력을 지닌 행성이다. 따라서, 태양은 점성술에서 가장 중요한 요소이다. 태양은 황도(黃道)를 따라 360도 이동하는데, 이것을 상징적으로 30도 단위로 나눈다. 이것을 서양에서는 황도대(黃道帶)라고 한다. 이를 토대로 양력이 정해진다. 양력은 양자리의 춘분점에서 시작하여 물고기자리에서 끝난다. 태양은 개인의 생명력과 성공 욕구를 지배한다. 태양은 성별과는 상관없이 사람들의 남성적 자질을 상징하고, 전성기 때의 기분을 나타내준다.

(태양카드 해석은 23~36 페이지 참조)

달(MOON)

달은 정서적 안정 욕구와 만족감을 높여주고, 성별과는 무관하게 사람들의 여성적 면모 및 양육과 관련이 있다. 아동기부터 성인기에 이르기까지 성격 발달 형성에 영향력을 준다.

(달 카드 해석은 37~50 페이지 참조)

수성(MERCURY)

수성은 인간의 지적 능력, 이성 능력, 사고와 개념을 통한 의사소통 방식 등에 통찰력을 불어넣어 준다. 수성은 또한 변화에 대한 반응을 나타내주기도 한다. (수성카드 해석은 51~64 페이지 참조)

금성(VENUS)

로마 신화에서 비너스는 사랑의 여신이다. 점성술에서 금성도 마찬가지이다. 금성은 애정 추구 및 교제와 관련이 있고, 친밀한 관계의 성격에 대해 말해준다. 더 확대하면 예술과 미(美)와 주변을 장식하는 물건 등에 대한 평가 방식을 표현해준다. (금성 카드 해석은 65~78 페이지 참조)

화성(MARS)

화성은 확신과 충동의 행성으로, 인간의 동기를 설명해준다. 화성 카드 패는 다른 카드 해석에 대해 별도의 정보를 더 제공해준다. (화성 카드 해석은 79~92 페이지 참조).

목성(JUPITER)

주피터는 확장, 풍요, 지혜의 신이다. 마찬가지로 목성 카드도 정신적 · 영적 성장과 우리가

세계를 이해하려는 방식을 설명해준다. (목성 카드 해석은 93~106 페이지 참조)

토성(SATURN)

토성은 책임감, 경계, 구조의 행성으로서, 그러한 인생 영역을 설명해준다. 성공하기 위해서 어떠한 영역을 적용해야 하는지, 일과 물질 세계에서 발전하려면 어떠한 장애를 극복해야 하는지 등을 보여준다. (토성 카드 해석은 107~120 페이지 참조)

12 궁(宮)

점성술에는 12개의 궁이 있다. 각각의 궁은 별자리와 행성의 지배를 받는다. 다시 한 번 더 말하자면, 각각의 궁은 인생 경험 영역을 지배하고, 각 행성은 특정한 기능이나 행동과 관련이 있으며, 각 별자리는 행동 성격이나 행동 양식에 영향을 준다. 태양과 달은 각기 하나의 궁을 지배하고, 나머지 행성은 두개의 굴을 지배한다.

천궁도 읽기

옆 그림은 천궁도이다. 세 개의 동심원은 각각 개별적인 판으로서, 자연스럽게 읽을 때 언제든지 (거의 항상) 배치될 수 있다. 행성은 각기 다른 별자리에 배치되고, 별자리는 다양한 궁에 놓인다. 이러한 배치는 운세를 해석하는 단서가 된다.

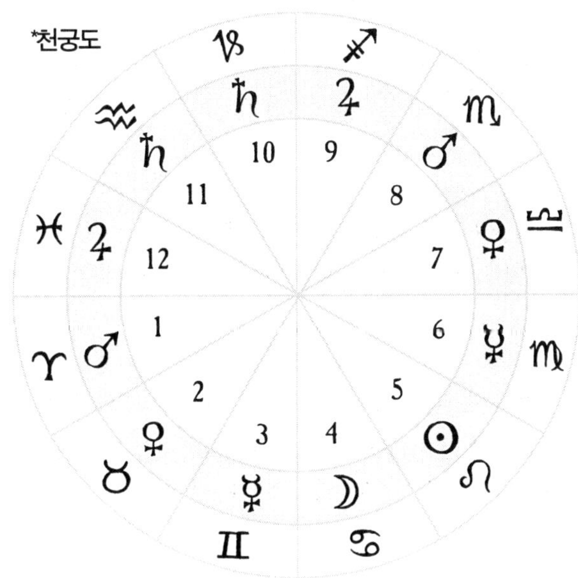

천궁도 읽기의 예

특정 사태와 관련해서 천궁도를 읽을 때에는, 10 페이지에 제시된 자질을 떠올려야한다. 예를 들어, 화성/쌍둥이자리/제2궁을 읽으려면 다음 사항을 기억해야 한다.

제1궁, 양자리의 화성은 모두 자기표현과 관련이 있다.

제2궁, 황소자리의 금성은 모두 재산 및 물질적인 면과 관련이 있다.

제3궁, 쌍둥이자리의 수성은 모두 의사소통과 관련이 있다.

화성/쌍둥이자리/제2궁에 대해 알아보려면, 위의 세 가지를 조합해야 한다. 쌍둥이자리에 위치한 화성은 의사결정과 관련이 있고, 제2궁은 재산과 관련이 있다. 따라서, 이를 조합해서 해석해보면, 재산이나 금전과 관련된 결정을 빨리 해야 한다는 의미이다.

호러리 점성술의 12궁

선 오라클 카드의 호러리 점괘에서는 각 궁이 특정 질문을 관할하므로, 질문에 대한 답을 찾는 단서이다. 12궁이 지배하는 구체적인 인생 경험 영역은 다음과 같다.

제 1궁

제1궁은 질문자의 심리적 상태, 건강, 상황 등을 설명해준다. 또한 질문자가 자신을 어떻게 여기는지, 또 타인이 자신을 어떻게 여기는 지에 대해서도 보여준다.

제 2궁

제2궁은 질문자의 금전, 부, 빈곤, 손해 등과 관련이 있다. 이 궁이 설명하는 재산으로는 가구, 예술품, 귀금속류, 투기에 이용되는 금전 등이다. 이 궁은 '재산' 으로 설명되는 것들뿐만 아니라, 그 사람의 육체적인 능력과 재능에 대해서도 보여준다.

각 궁과 관련된 사항

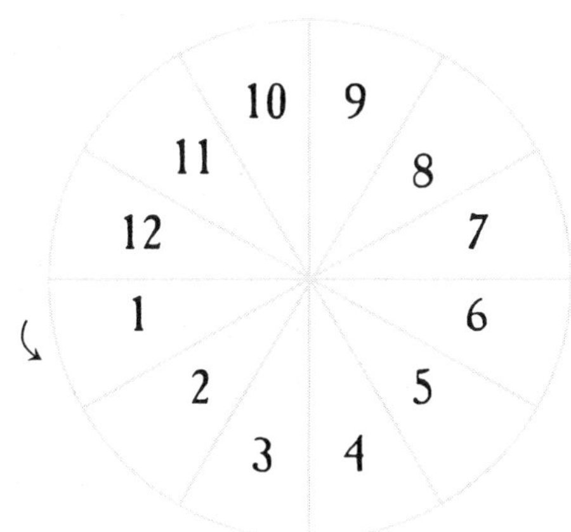

제1궁 : 질문자
제2궁 : 재산, 재정
제3궁 : 형제, 자매, 의사소통
제4궁 : 부모, 가정, 가족
제5궁 : 자녀, 창의적인 일, 연애
제6궁 : 일, 건강, 봉사
제7궁 : 결혼, 사업 제휴
제8궁 : 재산 공유, 타인의 재정
제9궁 : 종교, 철학, 법, 장거리 여행
제10궁: 직업, 공동체에서의 지위
제11궁: 친구, 교제, 희망, 소원
제12궁: 영적 능력, 제도, 은밀한 적

제 3궁

제3궁은 편지, 메시지, 문서 등 모든 종류의 의사소통과 관련이 있다. 뿐만 아니라 형제자매와 그들 간의 관계도 보여준다. 일정, 지식, 조기 학습, 짧은 여행, 정신적 에너지, 텔레파시 등도 제3궁에 놓여진 카드를 통해 알 수 있다.

제 4궁

제4궁은 가정 및 가족에 관한 질문과 관련이 있다. 이 궁은 부모, 가정, 가족, 토지, 부동산, 정원 등에 영향을 미치는 사태를 설명해준다. 이 궁은 또한 질문의 목적과 요지를 설명해주기도 한다.

제 5궁

제5궁은 자녀, 임신, 복권, 도박, 애정, 창의력과 관련이 있다. 여기에는 예술 관련 일, 취미, 레크리에이션, 자녀, 애인에 관한 사항도 포함될 수 있다.

제 6궁

제6궁은 직원, 근로자, 매일 일상생활 등에 관한 질문과 관련이 있다. 건강, 봉사, 작은 동물과 애완용 동물 등에 대해서도 알 수 있다.

제 7궁

제7궁은 부부, **오랫동안** 함께 한 파트너, 결혼, 사업 제휴, 소송, 계약, 협정, 타인과의 의견 차이 등과 관련이 있다. 이 궁은 또한 조카, 조부모와 관련된 문제에 대해서도 보여준다.

제 8궁

제8궁은 유산(遺産), 상속, 재산 분배, 타인의 재산, 파트너의 금전이나 재산, 형제자매의 건강 등에 대해서 알려준다. 전통적으로 제8궁은 죽음을 상징하지만, 넓게 보면 어떠한 것이 끝남으로써, 그 자리에 다른 새로운 것이 생겨날 수 있다는 의미이다.

제 9궁

제9궁은 신념, 철학, 해외여행, 외국, 2)고등 교육, 학문, 법, 종교, 출판, 외국 문화와 스포츠 등과 관련이 있다.

제 10궁

제10궁은 공적인 삶, 지역사회에서의 위치, 직업, 사회적 지위, 양육 태도 등과 관련이 있다. 또한 명예, 권위, 직업, 인생행로, 성취 등에 대해서도 보여준다.

제 11궁

제11궁은 우정, 단체 사람들과의 관계에 대해 보여준다. 이 궁은 또한 희망, 꿈, 인류애, 대의 명분을 위한 일 등과도 관련이 있다.

제 12궁

제12궁은 드러나지 않는 장점과 단점에 관한 질문을 다룬다. 이 궁은 병원, 교도소, 도서관, 군대 등과 같은 기관과도 관련이 있다. 또한 공포, 은밀한 적, 집단 무의식, 영적 능력, 3) 카르마 등에 대해서도 말해준다.

---

2) 대학 및 그 이상의 교육을 말함
3) karma : 인연, 업보, 인과응보 등을 뜻하는 말

12개의 별자리도 전통적인 점성술과 유사한 관련성이 있다. 아래에 각 별자리의 기본 성격, 에너지, 행동 양식, 단점 등 간략히 설명하기로 한다.

제1성좌 : 양자리 (ARIES)
3월 21일 ~ 4월 20일
원소 - 불
지배 행성 - 화성
[4] 보석 - 다이아몬드

양자리의 가장 큰 장점은 활동을 주도하고, 자신의 영역에 새롭고 참신하며 신선한 분위기를 만들어낸다는 것이다. 개척 정신이 강하고 용감하며 대담한 성격이어서, 두려움 없이 즉각적으로 결정을 내린다. 양자리 사람들의 행동은 충동적이고 때로는 무모하기도 하다. 양자리는 자기중심적, 충동적, 공격적, 급한 성격이며, 섬세함이 부족하다.

제2성좌 : 황소자리 (TAURUS)
4월 21일 ~ 5월 21일
원소 - 땅
지배 행성 - 금성
보석 - 에메랄드

황소자리는 현실적, 합리적, 계획적이며 예술적 재능이 있다. 그리고 선천적으로 물질적인 것에 대한 가치관을 갖고 있다. 황소자리 사람들의 장점은 안정적이고 참을성이 많고 강직하고 현실적이며 욕구가 강하다. 그러나 앞뒤가 꽉 막힌 사람이 될 수 있고 고집이 세고 소유욕이 강하며 방종한 사람이 될 수 있다는 것이 단점이다.

---

4) 점성술에서 말하는 보석(Gemstone)이란, 별자리나 별자리를 지배하는 행성과 관련하여 운을 발산하는 것으로서 성광석(Starstone) 또는 행성석(Planet stone)이라 부른다. 태어난 월에 따라 운을 발산하는 탄생석(Birthstone)과는 다르다. (역주)

제3성좌 : 쌍둥이자리 (GEMINI)

5월 22일 ~ 6월 21일

원소 - 공기

지배 행성 - 수성

보석 - 남옥 (애쿼머린)

쌍둥이자리는 수성이 지배하므로, 모든 것을 알고 파악하려는 호기심이 굉장히 강하다. 쌍둥이자리 사람들은 머리가 빨리 돌아가고 다재다능하며 대화하는 것을 좋아하고 쾌활하며 아이디어가 넘친다. 쌍둥이자리 사람들은 대화 능력과 타인 이해 능력을 갖고 있기 때문에 사회성이 매우 좋다. 단점은 기분파이고 변덕이 심하며 피상적이고 침착해하지 못하며 일관성이 적다는 것이다.

제4성좌 : 게자리 (CANCER)

6월 22일 ~ 7월 22일

원소 - 물

지배 행성 - 달

보석 - 진주, 수정

게자리는 물질적이면서 타인을 굉장히 필요로 하는 별자리이다. 일반적으로 게자리 사람들은 심오한 기억을 갖고 있고 전통과 과거를 사랑한다. 이들은 양육하는 역할, 보호 역할, 끈기 있는 역할을 즐긴다. 정서적으로는 민감하고 눈물이 많은 성격이다. 게자리 사람들은 가정과 가족을 최우선적으로 중요하게 여기기 때문에 가족의 관습을 유지하고 다음 세대에 전수한다. 단점으로는 과잉보호, 과거에 대한 미련과 집착, 소심하고 외로움을 많이 타는 성격 등을 들 수 있다.

제5성좌 : 사자자리 (LEO)

7월 23일 ~ 8월 23일

원소 - 불

지배 행성 - 태양

보석 - 묘안석(猫眼石)

사자자리는 자신감과 타고난 지도자를 상징하는 별자리이다. 사자자리 사람들은 성취와 평가를 굉장히 중요하게 여기므로, 항상 남들 눈에 잘 띈다. 이들은 관용적이고 마음이 따뜻하며 강력하고 극적이다. 남들이 자신을 **바라**보기를 원하며, 휘황찬란하고 큰 것을 좋아하는 과시욕을 갖고 있다. 이들의 단점은 자만심, 허영심, 과소비가 강하며 안하무인처럼 행동한다는 것이다.

제6성좌 : 처녀자리(VIRGO)

8월 24일 ~ 9월 22일

원소 - 땅

지배 행성 - 수성

보석 - 핑크 재스퍼, 히아신스 석

처녀자리 사람들은 꼼꼼하고 정리 정돈하는 욕구가 강하기 때문에 뒤죽박죽이거나 비효율적인 것을 싫어한다. 겸손하고 소박하지만, 취향은 독특하다. 처녀자리 사람들은 건강에 신경을 쓰고, 합리적이며, 근면할 뿐만 아니**라** 사실과 허구를 가려낼 수 있는 재능과 분석력을 타고났다. 단점은 과도하게 비판적이고 소심하며 완벽주의 태도를 보일 수 있다는 것이다.

제7성좌 : 천칭자리 (LIBRA)

9월 23일 ~ 10월 23일

원소 - 공기

지배 행성 - 금성

보석 - **오팔**

천칭자리는 균형 감각과 절충 능력을 갖고 있다. 따**라**서, 천칭자리 사람들에게는 어떠한 상황의 양면을 모두 볼 수 있는 능력이 있다. 이들의 성격은 굉장히 공평하고, 조화롭고, 예술적이며, 절충적이다. 공평한 성격 때문에 어느 한 측면에서 중대한 결정을 내리기가 어렵다. 이러한 성격 특징 때문에 천칭자리 사람들은 편안한 삶을 누리기 위해 지나치게 타협적인 태도를 지니고 있다.

제8성좌 : 전갈자리 (SCORPIO)

9월 24일 ~ 10월 22일

원소 - 물

지배 행성 - 명왕성

보석 - 토파즈

전갈자리는 강력하고 통찰력이 깊은 별자리로서, 굉장히 심오하고 **오**묘한 인생의 비밀을 영원히 탐구하려고 한다. 전갈자리는 아무도 엄두를 낼 수 없는 도전을 수용할 만한 엄청난 능력을 지니고 있다. 이러한 능력은 생각이 깊은 이 전갈자리에게 꼭 필요한 요소가 되었다. 전갈자리는 강렬하고 통찰력이 깊은 지각력과, 난관을 맞서 해쳐나갈 수 있는 힘을 갖고 있다. 파괴력, 복수심, 질투심, 지나치게 극적인 면 등이 전갈자리의 단점이다.

제9성좌 : 궁수자리 (SAGITTARIUS)

11월 23일 ~ 12월 21일

원소 - 불

지배 행성 - 목성

보석 - 터키옥

궁수자리는 정직과 자유를 가치 있게 여긴다. 궁수자리 사람들은 자신의 생각을 솔직하게 말하고 그로 인한 결과에 대해서는 개의치 않는다. 꼭 절충력이 있다고는 할 수 없지만, 그렇다고 해서 지나치게 비판적인 태도를 지니고 있는 것도 아니다. 활기차고 외향적이며 흥미와 모험심이 번뜩인다. 인생이 여행이**라**면, 궁수자리는 여행을 하고 있는 중이다. 단점은 무모하고 고삐 풀린 망아지처럼 될 수 있으며, 무엇보다도 무뚝뚝한 면이 있다는 것이다.

제10성좌 : 염소자리 (CAPRICORN)

12월 22일 ~ 1월 20일

원소 - 땅

지배 행성 - 토성

보석 - 석류석

염소자리는 양심적이고 야심찬 조직력을 **선**천적으로 타고났다. 염소자리 사람들은 훌륭한 직관력을 잘 이용하여 어떤 목표든 달성한다. 염소자리의 생활신조는 안정을 바탕으로 천천히 그리고 꾸준히 목표를 성취하는 것이다. 이들은 공동체에서 중책 지위를 쉽게 얻는다. 이

것이 염소자리의 주요 능력이다. 염소자리 사람들은 잘 훈련되어 있고 책임감을 갖고 있으며 신뢰할 만하다. 그러나 염세적이고 지나치게 인습적이며 엄격하고 물질적이며 냉정한 성격 등이 단점이다.

제11성좌 : 물병자리 (AQUARIUS)

1월 21일 ~ 2월 18일

원소 - 공기

지배 행성 - 천왕성

보석 - 사파이어

물병자리는 특이하고 결단력 있으며 때로는 고집이 세다. 남들이 자신들의 신념이나 행동을 어떻게 여기는 지에 대해 신경을 쓰지 않기 때문에 독창적이게 보이거나 '괴짜' 처럼 보인다. '앞뒤가 꽉 막힌 보수적인 방식' 을 싫어하여 새로운 방식을 탐구하는 것이 물병자리의 대표적인 성격이다. 물병자리 사람들은 여러 부류의 다양한 친구들이 많다. 단점은 반항적인 성향, 괴벽스러운 면, 무관심한 모습, 감정 부족, 지나친 외향성 등이다.

제12성좌 : 물고기자리 (PISCES)

1월 19일 ~ 3월 20일

원소 - 물

지배 행성 - 해왕성

보석 - 남옥 (애쿼머린)

물고기자리는 타인의 생각과 감정에 굉장히 민감하다. 타인에 대한 공감과 타인의 감정 때문에 타인이 원하는 대로 해주게 된다. 물고기자리 사람들은 현 사회상을 반영하는 방법을 직관적으로 아는 팝 스타, 디자이너, 영화 제작자 등과 같은 직종에서 성공을 거둔다. 별자리 중에서 가장 상상력이 풍부한 것이 물고기자리이다. 물고기자리의 성격은 열정적이고 민감하며 자기희생적이고 온화하며 직관적이다. 단점은 도피주의에 빠지기 쉽고 비현실적이고 과민한 성격이며 쉽게 속는다는 것이다.

신탁 카드

　　일곱 개의 행성 패로 구성된 총 84장의 카드를 재빨리 파악하기 위해, 캐롤라인 스미스는 각 패마다 각기 다른 해석을 제시했다(아래 그림 참조). 직관적으로 영감을 얻어 카드의 의미를 파악한 것으로서, 강력한 상징적인 이미지를 이용한다. 카드 해석 방식은 사람들마다 다르다. 따라서, 각 상징은 해석하는 사람에 따라서 의미가 달라진다. 일반적인 방식으로 다루다 보면 이미지 속에 담겨 있는 의미를 확장시킬 수 있고, 더 나아가 카드에 대한 자신만의 직관력을 발전시킬 수 있다.

　　다음에 제시될 해석은 전통적인 점성술을 바탕으로 한 것이므로, 이것부터 시작하면 된다. 카드는 자신만의 독특한 방법으로 사용하면 된다. 먼저 행성과 별자리를 연결시켜 성격 유형을 제시하고, 카드가 암시하는 것이 무엇인지 평가한 다음, 그와 관련된 사태의 개요를 제시해 놓았다.

카드 모양

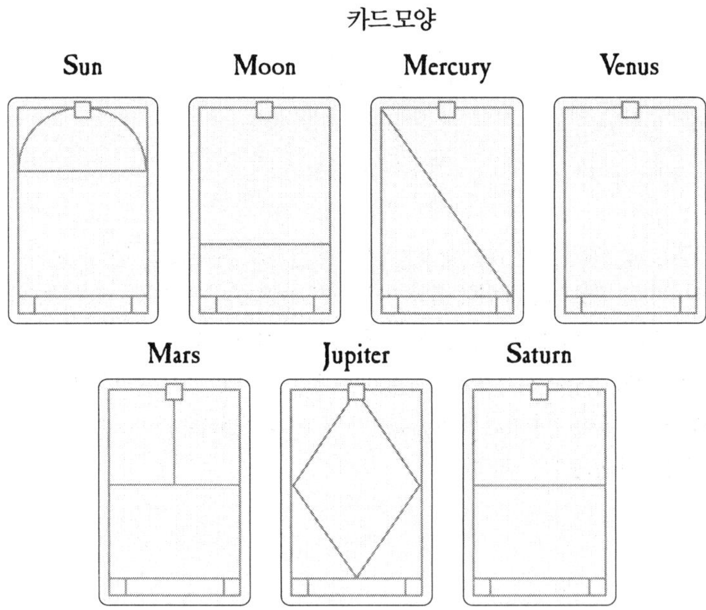

태양

행운의 패

행운

태양 카드 12장은 황도대(黃道帶)를 따라 움직이는 태양을 상징한다. 카드 패 중에서 가장 강력한 힘을 지니고 있는 패이다. 각 카드에 나타나 있는 행성과 별자리 결합을 해석하면 질문 주제에 대해 파악할 수 있고 인생의 각 영역에서 성공할 수 있는 힘이 어느 정도인지 알 수 있다. 태양 카드는 특히 정체성과 남성적인 욕구를 나타내준다. 태양 카드를 통해 자기표현 방식, 성공 욕구, 가장 좋은 기분 상태 등을 알 수 있다. 태양 카드의 핵심은 자기표현이다.

태양과 관련된 직업 :

지도자, 중책과 권위를 지닐 수 있는 공직자, 배우, 공연인, 금세공인, 금융관련업자

태양과 관련된 사항 :

일요일, 금, 노란색, 해바라기, 사자, 충성심, 큰 저택, 궁궐, 호화스러운 의류와 가구, 심장, 혈액 순환, 도박, 스포츠클럽

1
주 장

―――――

양자리의 태양

태양 – 행운
양자리 – 자기 의지

이미지 : 기사(騎士)와 용(龍)이 서로 이야기를 하고 있다. 이 카드는 무모한 영웅심과 임전무퇴의 자질을 의미한다.

개인적인 측면

태양/양자리 사람들은 직접적인 행위를 통해 자신들을 증명해 보이려는 욕구가 강하다. 생각을 말로 표현하는 것으로는 성에 차지 않기 때문에, 어떤 식으로든 행동으로 옮기고 싶어 한다. 이러한 충동성 때문에 때로는 판단 오류를 범할 수도 있다. 이런 성격 유형은 도전 과제를 완수해야 궁지에서 벗어날 수 있다고 여긴다. 사실 태양/양자리 사람들은 문제에 직면하면 스스로 도전 과제에 뛰어든다. 이들은 단조로운 일에는 재능을 발휘하지 못하기 때문에, 어떻게 해서든 변화를 일으키려고 한다. 이러한 사람들은 의지력, 활력, 자기 인식이 강하다. 이러한 성격에 표현력이 더해지면, 어떠한 일을 주도해 나갈 때 유리하게 작용한다. 이 카드가 설명하는 사람은 대체로 즉각적으로 행동을 하다가 실수를 범한다. 시간적인 여유를 가지고 생각을 더 많이 해야 할 것이다.

점괘로서 이 카드가 나왔다면, 질문자가 타인의 견해와 욕구에 흔들리지 않고 자신만의 확고한 인생행로를 유지한다는 의미이다. 질문자는 자신이 원하는 것에 대해 명확한 비전을 갖고 있으며, 그것을 성취하는 방법을 잘 알고 있다. 성공을 위해서 그리고 타인으로부터 존경을 받기 위해서 누구보다도 더 열심히, 더 오래 일하고 싶어 하는 욕구를 의미하기도 한다. 이 카드가 나왔다면, 충동적으로 행동하지 않도록 조심해야 한다.

사태

* 뜻밖의 갑작스러운 행동을 하게 된다.
* 충동적인 용기가 필요한 시기이다.
* 예상하지 못한 도전적인 상황이 생긴다.
* 민첩한 행위나 자신의 입장을 방어하려는 욕구가 생긴다.

2
습 득

황소 자리의 태양

태양 – 행운
황소 자리 – 물 질적 가치

이미지 : 매우 화려하게 옷을 입은 커플이 남들 눈에 띄게 산책하고 있다. 카드 위쪽에 그려져 있는 상징은 부두교의 종교 의식에 사용되는 에르줄리(Erzulie)로서, 결혼에 대한 욕망과 향수(香水)와 보석에 대한 애정을 상징한다.

개인적인 측면

태양/황소자리는 유의미한 결단력과 강한 권력을 갖고 있는 성격이다. 물질적인 것을 성취할 수 있는 능력을 타고났으며, 가치관도 물질적이다. 어떠한 것을 구성하고 발전시킬 수 있는 능력과 강한 안전 욕구가 결합하여 강렬한 성취 욕구로 작용한다. 황소자리의 태양은 모든 욕구를 충족시킬 수 있는 방법을 정확히 알고 있으며, 모든 난관을 극복한다. 이러한 사람들은 감정이 풍부하고 민감하여 미적 감각이 뛰어나고 멋진 것을 감상한다. 아니면 합리적인 성격이 낭만적인 성격으로 되어갈 것이다. 태양/황소자리 사람들은 매우 편안한 것을 좋아하고, 이것이 의사 결정에 유리하게 작용한다. 그러나 편안한 것을 좋아하다 보니 변화를 일으키기 어렵다. 황소자리 사람들은 고집이 세고 의지력이 강하기 때문에 손해 보는 일은 하지 않는다.

점괘로 이 카드가 나왔다면, 경제적으로 자립을 하고 싶은 욕구가 강하며 엄청난 재력을 쌓을 수 있다는 것을 암시한다. 이 카드가 나왔을 때는 욕심을 부리지 말고, 지나치게 낭비하거나 과시하는 행위를 하지 말아야 한다. 또한 재물을 유지하려는 욕구와 소유권을 주장할 가능성도 보인다.

사태

* 즐거운 일이 생긴다.
* 예술과 관련된 의욕이 생기거나 사치스러운 것에 탐닉한다.
* 재물에 대한 논쟁이 벌어진다.
* 변화를 거부하고 가치 있는 것을 발견하며, 승리하거나 선물을 받는다.
* 예상치 못한 금전을 획득하여 놀라게 된다.

3
다재다능

쌍둥 이자리의 태양

태양 – 행운
쌍둥 이자리 – 정신적 인식

이미지 : 재능이 많은 곡예사가 사람들에게 인상을 주기 위해 물구나무서서 걷는다. 수평선에는 태양을 상징하는 기호와 금을 상징하는 연금술 기호가 그려져 있다. 카드 위 부분에는 별이 있는데, 이것은 태양을 상징하는 고대의 기호이다.

개인적인 측면

태양/쌍둥이자리 사람은 기본적으로 의사소통 욕구를 가지고 있다. 이 카드는 무엇인가를 재빨리 인식하고 새로운 아이디어를 명확하게 표현할 수 있다는 의미이다. 이 카드는 '팔방미인'이 되고자 하는 욕구가 있을 때 나온다. 따라서, 이 카드가 나오면 자신의 모든 재능을 마음껏 이용할 수 있다. 또한 정신적이고 정서적인 융통성과 많은 재능을 이용해야 긍정적인 결과를 얻을 수 있다는 의미이기도 하다. 태양/쌍둥이자리 사람에게는 자유로운 행동과 움직임이 필수적인 요소이다. 따라서, 타인으로 인해 구속을 받게 되면 큰 좌절을 느끼게 된다. 이들은 한 번에 여러 가지 일에 에너지를 쏟아 붓기 때문에, 과민한 성격이 될 수밖에 없다. 이들의 단점은 자신의 아이디어나 불필요한 정보를 타인에게 강요함으로써, 지적(知的)으로 거만해질 수 있다는 것이다.

점괘로 이 카드가 나왔다면, 직업 변동이 있거나 쌍둥이자리답게 한 번에 두 가지 일을 하게 될 것이다. 현 상황에서는 말이 중요한 수단으로 작용한다. 이 카드는 다재다능을 상징하는 것으로서, 육체적으로 뿐만 아니라 정신적으로도 개방적인 태도로 행동할 시기라고 알려준다. 형제자매나 이웃과 연락하게 될 것이고, 질문과 관련된 여행을 많이 해야 할 것이다.

사태

* 사교 모임에서 남들에게 좋은 인상을 줄 수 있다.
* 결정을 빨리 내려야 한다.
* 중요한 대화를 할 것이다.
* 신뢰할 만한 정보를 접하게 된다.
* 매체와의 접촉이 있을 것이다.

4

풍 부 한 자 원

———

게자리의 태양

태양 – 행운
게자리 – 양육 애정

이미지 : 황야에 버려진 바구니를 갈가마귀가 멋지게 장식하여 둥지로 사용한다.

개인적인 측면

태양/게자리는 민감한 성격이며, 감정을 최우선적으로 중요하게 여긴다. 이 카드는 자녀를 강하게 양육하는 사람을 의미한다. 질문이 가족이나 가정과 관계된 것이든, 사업과 관계된 것이든, 배려가 중요한 역할을 한다. 태양/게자리 사람은 대부분의 일들을 정서적인 측면에서 경험하고, 냉정한 논리보다는 감정을 바탕으로 결정을 내린다. 이들은 또한 과거 일에 대한 기억력이 굉장히 좋다. 이들에게는 안전 욕구가 중요하며, 신중한 성격이어서 중요한 일은 다른 날로 미루어 둔다. 태양/게자리 사람은 사물뿐만 아니라 도움이 될 만한 사람들을 모으려는 욕구가 강하다. 그래서 한번 모은 것은 유용하게 쓸 때를 대비해 좀처럼 버리지 못한다. 이렇게 예민하고 습득하는 재능은 태양/게자리 사람들에게 유리한 사업에서 장점으로 작용한다. 이런 유형의 사람은 가정을 아름답고 화려하게 만드는데 시간과 에너지를 많이 쏟는다. 재산에 대한 감각도 뛰어나기 때문에 부동산에 관해서도 두각을 나타낸다. 이들은 또한 정착을 잘하기 때문에, 일단 정착하면 다시 이동하기까지 시간이 많이 걸린다.

점쾌로 이 카드가 나왔다면, 가족 배경이 그 어떤 때보다도 중요하다는 의미이다. 계승되어 오고 있는 가족의 전통이 질문자의 생활 방식에 많은 기여를 한다.

사태

* 공감해야할 사람들이나 상황이 생긴다.
* 이전의 경험을 바탕으로 생각해보면 의심되는 일이 있을 것이다.
* 큰 가족 행사, 가족 재회, 유산 상속, 부모와의 연락이 있을 것이다.

5
행운

―――――

사자자리의 태양

태양 – 행운
사자자리 – 창의적인
자 기 표 현

이미지 : 온화한 태양이 세상을 따뜻하게 한다. 태양 빛이 작은 지구에 창의적인 생명력을 비춰준다.

개인적인 측면

태양 카드 패 중에서 가장 길한 징조이다. 태양이 사자자리에 위치해 있기 때문이다. 점성술에서 사자자리의 태양은 제5궁, 8월, 자녀, 애정 등을 지배하는 것으로 본다. 태양/사자자리 사람들은 위엄이 있고 관용적이며 계획을 세워 목표를 성취하는 성격이다. 이 카드가 나타나면 '드디어 때가 되었구나' 라는 느낌을 갖게 된다. 사자자리의 태양은 뜻밖의 갑작스러운 횡재를 의미하는 것이 아니라, 오랫동안 매진해왔던 목표에 대한 결과를 얻는 것을 의미한다. 그 동안 노력해온 모든 것이 조만간 구체적으로 실현된다는 것이다. 노력의 결실을 얻을 때가 되었으니, 기회를 잘 잡으면 두 다리를 쭉 뻗을 수 있을 것이다. 이 행운 카드는 오랫동안 열심히 해온 일에 대한 성공적인 마무리를 의미한다. 그러나 그걸로 끝난다는 의미는 아니다. 무엇인가를 성공하면, 새로운 목표와 그 성취 가능성이 열리기 마련이다.

점괘로서 이 카드가 나왔을 때에는 게임의 요소가 있다. 이전에 실패한 일에서 새로운 문제 해결 전략을 찾을 수 있다는 것을 의미한다. 질문자는 매번 도전을 받아들였고 극복해왔다. 이 행운 카드가 운이 좋지 않은 다른 카드와 함께 나왔다면, 다른 카드의 부정적인 측면을 약화시키는 위력을 갖고 있다.

사태

* 큰 성공을 거둘 수 있는 계획을 세우고, 크게 과시할 수 있거나 큰 성과를 거두게 된다.
* 인정받게 된다.
* 창의적인 일에서 성공과 재능을 보인다.
* 애정에 있어서도 길조이다.

29   The Sun Oracle

6
건 강

처녀자리의 태양

태양 – 행운
처녀자리 – 완벽과 봉 사

이미지 : 시녀 세 명이 공주의 안위를 위해 보필하고 있다. 오각형은 건강과 행운을 가져다준다.

개인적인 측면

여섯 번째 황도대(黃道帶)에 위치한 태양은 혼란을 정비할 수 있는 능력을 갖고 있다. 이 카드는 건강과 일을 지배하는 것으로서, 물질적인 풍요를 이루어야 만족스럽고 정돈된 삶을 살 수 있다는 의미를 갖고 있다. 태양/처녀자리 사람들은 전문적인 영역에서 다소 완벽주의 성향을 보인다. 그래서 자신보다 능력이 부족한 사람들과 함께 있는 것을 힘들어한다. 그들을 돕겠다는 명목으로 너무 닦달하지 않도록 주의해야 한다. 태양/처녀자리 사람들은 사고력이 깊기 때문에, 사물의 본질을 파악하기 위해 학습하는 것을 중요하게 여긴다. 이들에게는 물질적으로 성공할 수 있는 운도 있다. 이들은 멋진 것을 좋아하지만, 열심히 번 돈을 불필요하게 낭비하지는 않는다. 이러한 능력은 타인을 위해 봉사할 때 최대한으로 발휘된다. 왜냐하면, 태양/처녀자리 사람들은 궁핍한 사람들에게 자신이 가진 것을 줄 수 있기 때문이다. 태양/처녀자리 사람들은 매우 겸손하다. 그러나 이들은 마땅히 높이 평가되어야 한다. 이 카드가 설명하는 사람의 관심사나 직업은 다이어트, 영양, 보완대체의학 등과 관련이 있다. 이들의 단점은 건강을 너무 지나치게 걱정하여 과도하게 약물에 의존하거나 심기증(心氣症)으로 이어질 수 있다는 것이다.

점괘로 이 카드가 나왔다면, 자신의 삶을 정리 정돈을 할 필요가 있다. 이 카드는 특히 식이 습관, 영양, 건강에 대해 강조하고 있다.

사태

* 분석적인 일을 하게 된다.
* 물질적 풍요나 육체적 안위를 누리고, 새로운 건강 관련 영역을 접한다.
* 목록 작성, 구성, 수정, 편집 업무를 하게 된다.

7

화 합

천칭자리의 태양

태양 – 행운
천칭자리 – 정의감과
미적 감각

이미지 : 아름다운 여인이 작은 언덕에 앉아 하늘을 바라본다. 새는 영적인 조화뿐만 아니라 영적인 하늘과 물질적인 땅 사이의 덧없는 연결을 상징한다.

개인적인 측면

태양/천칭자리는 원만하고 사교성이 좋은 성격이며, 균형적이고 협력적인 인간관계를 맺는다. 천칭궁은 결혼과 친밀한 관계와 관련이 있지만, 더 넓은 의미로 보면 일상생활의 사회적인 접촉을 모두 포괄한다. 태양/천칭자리는 어떤 일이 있어도 공명정대한 것을 중요시한다. 이들은 결단을 쉽게 내리지 못하는 면이 있다. 왜냐하면, 결론을 내리기 전에 찬반 입장을 비교 검토하기 때문이다. 천칭자리 사람들은 좋은 대화와 우호적인 토의를 즐기고, 문제를 겪고 있는 친구들을 도울 수 있는 능력을 갖고 있다. 태양/천칭자리 사람들에게는 강직하고 능력 있고 신의가 깊은 친구들이 모이며, 인간관계를 최우선적으로 중요하게 여긴다. 이러한 성격 유형은 협동을 통해 가장 크게 성공할 수 있다. 이 카드는 특히 팀에서 일을 주도적으로 시작해 나가는 사람을 상징한다.

점괘로 이 화합의 카드가 나왔다면, 친근한 관계를 통해 이익을 얻게 된다는 의미이다. 물론 상대방이 거만해 질 수 있다는 의미도 포함되어 있다. 이 화합의 카드는 대중과 관련된 일이나 세일즈 관련 업종에 재능이 있다는 것을 보여준다.

사태

* 사교적인 만남이나 모임이 생긴다.
* 사치스러운 취향을 갖게 된다.
* 결정을 내리기가 힘들어진다.
* 협정이나 동의를 하게 된다.
* 상황에 대한 판결을 내려 중재 역할을 하게 된다.

8
인내심

전갈자리의 태양

태양 – 행운
전갈자리 – 자제력, 회복

이미지 : 헤라클레스가 사자와 겨루고 있다. 이 사자는 사자자리가 지배하는 태양을 상징한다.

개인적인 측면

태양/전갈자리 사람들은 자신의 성격에 극단적인 면이 있다는 것을 안다. 포괄적으로 보면, 이들의 삶은 열정으로 가득하다. 자신이 좋아하는 일이 있으면 헌신적으로 수행한다. 다소 은밀한 면을 가진 사람들도 있다. 자신들이 믿는 바에 대해 떠들기보다는 조용히 함구하고 있기 때문이다. 성취하고자 하는 바가 있으면 비범한 에너지를 쏟아 붓는다. 전갈자리 사람들은 타인의 생각과 감정에 굉장히 민감하고, 주변 사물의 본질을 파악하려는 욕구가 대단히 강하다. 전갈자리는 극단적인 것과 관련이 있으므로, 새로운 인생행로를 개척하려는 욕구를 상징한다. 이는 심리학, 철학, 비학(秘學) 등을 연구하려는 욕구로 표출된다. 태양/전갈자리 사람들은 이러한 능력을 효율적으로 잘 사용할 수 있다. 이들은 지도자가 될 수 있는 잠재력도 갖고 있기 때문에, 자영업을 하거나 새로운 부서 또는 새로운 사업을 하면 성공할 수 있다.

점괘로 이 카드가 나왔다면, 심오한 인생에 대해 호기심이 충동적으로 일어나고, 의지력을 통해 자기 발전을 이룰 수 있다는 의미이다. 인내심을 갖고서 도전 과제를 직면하고 해결해야 하는 경우에 자주 나오는 카드이다. 세금 문제, 법적 문제, 타인의 재정을 관리하는 일 등이 생길 것이다.

사태

* 극단적인 노력이나 자제력이 필요한 상황이 발생한다.
* 선전 활동, 설득, 권력 추구 등과 관련된 일이 발생한다.
* 극단적인 대의명분이나 이익을 추구할 것이다.
* 인생에 큰 변화가 생길 것이다.

9

열 정

궁 수 자리의 태양

태양 – 행운
궁 수 자리 – 낙천주 의, 모 험

이미지 : 태양의 후광을 받고 있는 지적이고 명석한 머리가 전통적인 연금술 항아리 위에 있다. 항아리 안에는 한 사람이 별, 태양, 달 사이로 날아다니고 있다.

개인적인 측면

태양/궁수자리 사람들은 정직, 솔직함, 자유를 가치 있게 여긴다. 타인들에게도 이러한 가치가 있다고 여기기 때문에, 자신의 생각을 솔직하게 말한다. 그러나 그로 인한 결과에 대해서는 전혀 개의치 않는다. 태양/궁수자리 사람들은 중재자 역할을 할 수 없지만, 그렇다고 위선적이지도 않다. 이 카드가 설명하는 사람은 활기차고 외향적이며 유머 감각과 모험심이 많다. 인생이 여행이라면, 태양/궁수자리 사람들은 친구와 함께 그 길을 따라 여행하는 사람이다. 태양/궁수자리 사람들에게는 여행이 중요하다. 육체적인 여행이든 정신적인 여행이든, 진실을 찾기 위해서 먼 길을 떠날 것이다. 태양/궁수자리 사람들은 자신이 철학적으로 믿는 바를 진정으로 아는 것이 중요하다. 교육적인 배경과는 상관없이 이들은 더 심오하고 추상적인 개념들을 누구보다도 잘 다룰 수 있다.

이 카드가 나왔다면, 외국이나 외국인에 대한 매력을 의미한다. 더 나아가 외국에서 얼마간 살게 된다는 의미까지도 포함하고 있다. 이 카드는 또한 강한 직관력으로 미래 사태에 대해 영감이나 영상이 순간적으로 떠오를 것이라는 암시도 준다. 이 열정 카드는 계속적인 학업이나 교육에 대한 욕구와 철학적, 종교적, 민족적 개념에 대한 새로운 흥미를 갖게 되리라는 예지이다. 이 카드가 거꾸로 나왔다면, 마음을 아프게 할 수 있는 사실을 발설하여 남의 감정을 상하게 할 수 있다는 의미이다.

사태

* 굉장히 좋은 기회가 생긴다.
* 외국과 접촉하게 되고, 장기간 여행을 할 것이다.
* 새로운 철학을 갖게 되고, 새로운 계획에 대해 낙관할 것이다.

10
성 취

———

염소 자리의 태양

태양 – 행운
염소 자리 – 의무 , 끈 기

이미지 : 성벽으로 둘러싸인 도시 높은 곳에 강한 인상을 주는 궁궐이 서있다. 하늘에는 태양이 휘황찬란하게 비치고 있다. 카드 위 부분에는 염소 조각상이 그려져 있다.

개인적인 측면

태양/염소자리 결합은 세심하고 야망이 큰 조직자의 성향을 보여준다. 이들은 매우 훌륭한 직관력을 잘 이용하여 인생의 목표를 이룰 수 있다. 태양/염소자리 사람들은 굳건한 기반과 안정을 지향하므로, 느리면서도 꾸준하게 목표를 달성한다. 이들은 공동체에서 중책 지위를 쉽게 맡을 수 있다. 태양/염소자리 사람들은 조직력이 뛰어나기 때문에, 자신에게 알맞은 행정 지위를 맡으면 성공한다. 이들은 명예와 인정을 받기 위해 꼭 필요한 기술을 꾸준히 익혀 나간다. 태양이 염소자리에 위치하면 권력과 권위를 얻으려는 야망이 강해진다. 이 카드에 해당하는 사람이 이런 전형적인 자질을 갖추고 있다면 앞으로 전망이 밝을 것이다. '인생은 40부터' 라는 표현이 이 사람들에게 딱 들어맞는 말이다. 태양/염소자리 사람들의 단점은 수단과 방법을 가리지 않고 성공하려는 비도덕적인 욕구를 가질 수 있다는 것이다. 또한 남을 이용해먹으려는 욕구도 있을 것이다.

점괘로 이 카드가 나왔다면, 질문자가 강한 도덕심과 의무감을 갖고 있어서 남의 귀감이 된다는 의미이다. 아마 그러한 역할을 하도록 선택받았기 때문일 수도 있다.

사태

* 어떠한 계획에 대해 헌신하거나 큰 중책을 맡게 된다.
* 어떠한 활동에서 추천을 받거나 두드러지게 활약한다.
* 영향력이 크거나 유명한 사람이 도움을 받게 된다.

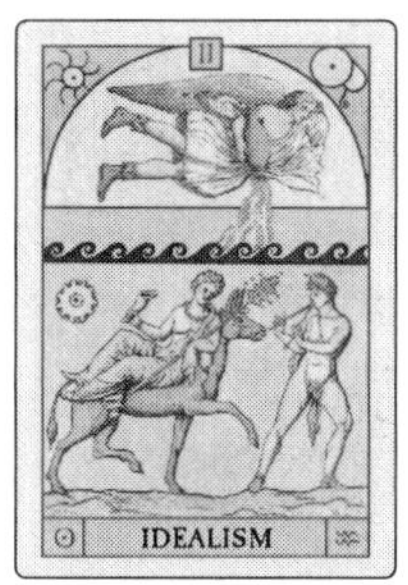

11
이상주의

물병자리의 태양

태양 – 행운
물병자리 – 원칙, 인류애

이미지 : 지체 높은 사람이 노새에 대충 몸을 싣고 기이한 여행을 하고 있으며, 한 음유 시인이 피리를 불며 그를 수행하고 있다. 말을 탄 사람은 한 손에는 원뿔을, 다른 한 손에는 지팡이를 쥐고 있다. 카드 위 부분에는 천사가 물병자리의 지혜를 아낌없이 쏟아 붓고 있다.

개인적인 측면

태양/물병자리는 때로는 특이하고 결단력 있으며, 또 때로는 고집스러운 성격이다. 이들은 남들이 자신의 신념이나 행동에 대해 어떻게 여기든 개의치 않는다. 좋게 보면 독창적인 사람이고, 겉으로만 판단하면 괴짜이다. 물병자리 사람들은 구식적인 '앞뒤가 꽉 막힌' 방식을 싫어해서 독창적인 방식을 개척한다. 태양/물병자리 사람들에게는 정신적으로 뭔가를 성취하는 것이 중요하다. 그래서 이들은 자신만의 신념을 확고히 하기 위해서 남들과 아이디어를 주고받는다. 그러한 욕구 때문에 매우 다양한 부류의 친구들을 사귄다. 태양/물병자리 사람들은 독창적이고 희생적인 사람들과의 우정을 중요시한다. 뿐만 아니라 새롭고 참신하며 과학적이거나 간단한 기계 장치와 관련된 것에 대해서도 흥미를 보인다. 태양/물병자리 사람들은 확실히 21세기형 인간으로서, 시대에 발맞춰가고 미래 지향적인 대의명분을 따른다. 이들은 인류 문제에 대해 공감하고, 이를 이상적인 대의명분으로 만든다. 그렇게 함으로써 진정한 만족감을 얻는 것이다.

점괘로 이 카드가 나왔다면, 권력과 영향력을 지닌 친구의 도움을 받을 수 있을 것이다. 대의명분에 따른 인류애를 위해 단체 활동에서 선두로 활약하면 좋은 결과를 얻을 것이다.

사태

* 괴이한 행동을 하거나, 독창적인 아이디어나 발명품을 개발하거나, 관심을 받기 위한 행동을 하게 된다.
* 갑자기 기분 상할 일이 생긴다.
* 일방적인 사고를 한다.
* 영향력을 지닌 지인(知人)이 도움의 손길을 내밀 것이다.

12
비전

―――――

물고기자리의 태양

태양 – 행운
물고기자리 – 이해, 공 감,
동 정, 희생

이미지 : 바다 끝에 태양이 반쯤 물에 잠겨있다. 일출(日出)인지 일몰(日沒)인지 불확실하다. 살쾡이가 태양의 시선을 따르고 있다. 카드 위 부분에 그려진 외눈은 정신적 비전에 대한 내적 눈을 상징하는 것이다.

개인적 측면

태양/물고기자리는 타인의 생각과 감정에 극도로 민감한 사람을 상징한다. 이들은 타인에 대한 동정심과 감정에 이끌려 그들이 원하는 대로 해준다. 그러나 동전 양면처럼, 이들은 현시대 대중들의 감정을 잘 파악하고 이용할 줄아는 팝 스타, 패션 디자이너, 광고인이 될 수 있는 자질도 갖고 있다. 대부분의 물고기자리 사람들은 이러한 각각의 자질을 조금씩은 갖고 있다. 별자리 중에서 상상력이 가장 풍부한 것이 바로 물고기자리이다. 따라서, 이들은 상상력을 적절하게 발산한다면 성공할 수 있다. 물고기자리가 태양과 결합하면, 무의식적이고 상상력이 풍부한 자원을 발산한다. 이들은 성공에서 그치는 것이 아니라, 타인을 돌보고 그들을 위해 희생하고 베풀려는 욕구가 강하다.

점괘로 이 카드가 나왔다면, 질문자가 장기간의 항해나 일상에서 벗어나기 위한 활동을 통해 도피하고 싶어 한다는 의미이다. 이 비전 카드는 새로운 흥미나 심리적 · 심령적 연구를 상징하는 경우가 많다. 또한 앞으로 언젠가는 제도나 타인에 대한 봉사 등에 관심을 갖게 되어 크게 살신성인하고 인정받으며 원하는 대로 성취하게 될 것이라는 의미이기도 하다.

사태

* 희생하게 된다.
* 상상과 현실에 대해 신비롭게 여기거나 이 두 가지를 혼돈하게 된다.
* 도피할 기회가 생긴다.
* 기적적인 일이 생긴다.
* 음모를 피할 수 있는 상황이 생긴다.

달

안정의 패

이 카드 패의 행성과 별자리 결합을 파악하면 정서적인 안정과 만족감을 어디서 어떻게 얻을 수 있는지를 알 수 있다. 달 카드 패는 인간의 정서와 기본적인 욕구에 관한 것이다. 또한 대인 관계의 친밀도에 대해서도 알 수 있다. 달은 수용력과 여성적인 욕구를 상징하며 자신의 경험을 어떻게 타인에게 전달할 수 있는 지도 알려준다. 가정에서 자신이 어떻게 양육되었는지, 자녀를 어떻게 양육하는지, 전통에 대해서, 그리고 과거와 어떻게 연결되어 있는지에 대해서도 알려준다. 따라서, 달 카드 패는 점괘를 의뢰한 사람의 어린 시절에 관한 단서를 제공해준다. 별자리에 따라서 질문자가 어머니와 어떤 관계인지, 어떻게 양육되어 왔는지, 그로 인해 성인 생활에 어떠한 영향을 받았는지 등에 대해서 명확히 알려준다.

항해사, 판매원, 상업 목적으로 여행하는 사람, 간호사, 보육사, 아동복지사, 사회복지사, 입양 부모

1

보 호

———

양자리의 달

달 – 안정
양자리 – 자기 의지

이미지 : 온화한 어머니가 자녀를 몹시 사랑하는 모습이다. 카드 위 부분에는 초승달이, 아래 부분에는 호랑이가 그려져 있는데, 이는 여성의 강한 보호 본능을 상징한다.

개인적인 측면

달과 양자리의 결합은, 어떠한 상황에 대해서 정서적으로 즉시 반응을 보이려는 강한 욕구를 의미한다. 달/양자리 사람들은 즉흥적이고 충동적인 성격으로서, 자신이 느끼는 바를 있는 그대로 직접적으로 표현한다. 그러나 달의 변덕성과 화성의 빠른 행동이 결합된 것이므로, 금방 달아올랐다가도 다행히 금방 식어버린다. 달/양자리 사람들은 아동기 때의 조건화와 '가족' 과 관련된 것이면 무엇이든 보호하고 방어하려는 강한 욕구에 영향을 받는다. 달이 차고 기울 듯이, 달/양자리는 상황에 기분대로 행동하거나 변덕을 심하게 부리는 성격이다. 달/양자리 사람들은 감수성이 매우 예민하기 때문에 종종 영적(靈的) 능력이나 영매(靈媒)와 같은 힘을 갖기도 한다. 달/양자리는 자립심이 굉장히 강하지만, 이들의 부정적인 측면이 작용하면 정서적으로 매우 괴로워질 수 있다. 달/양자리는 인정받고 싶은 욕구 또한 강하다.

점괘로 이 카드가 나왔다면, 질문자는 타인의 곤경을 동정하다가 쉽게 속아 넘어가지 않도록 조심해야 한다. 즉, 자신의 입장을 보호해야 한다. 이 카드는 또한 질문자가 자산을 매입할 수 있는 능력이나 집에서 할 수 있는 사업을 할 능력이 있다는 의미이기도 하다.

사태

* 방어 행위를 하게 된다.
* 모성 본능이 일어난다.
* 사업을 하게 된다.
* 재산에 대한 논쟁이 생길 수 있다.
* 어쩔 수 없이 이동할 것이다.
* 가족 간에 불화가 생기거나 가족에 대해 책임을 지게 된다.

2
의기양양

황소 자리의 달

달 – 안정
황소 자리 – 물질적 가치

이미지 : 카드 위 부분에는 초승달이 식물 모양의 빛을 내고 있고, 카드 아래 부분에는 꽃 모양의 원뿔에 지상의 과일이 놓여져 있다.

개인적인 측면

달/황소자리 결합은 정서적으로 멋진 기분과 안정감을 상징한다. 여기서 말하는 안정감은 물질적인 행복을 의미한다. 달/황소자리 사람들은 편안한 기분을 느끼게 되면 계속 성장해 나갈 수 있다. 이들은 대체로 꾸준하고 조용한 성격이며, 안정된 가족과 가정을 최우선적으로 중요시한다. 이러한 것을 누리지 못한다면, 그에 대한 보상 심리로 과식하게 된다. 이 카드는 식물을 잘 키우고 관리할 수 있는 능력을 상징한다. 왜냐하면, 미적 감각을 상징하는 황소자리와 양육을 상징하는 달이 결합되어있기 때문이다. 그래서 달/황소자리 사람들 중에는 훌륭한 정원사가 많다. 점성술에서는 달이 황소자리에 위치한 것을 길조로 보며, 전통적으로는 달의 의기양양한 모습으로 알려져 있다. 이는 풍부한 표현을 의미하며, 어떤 질문이든 그에 대한 길한 징조이다.

성공적으로 돈을 벌 수 있을 것 같은 직감이 강할 때, 이 카드가 나온다. 이 카드는 음식, 요리, 부동산 관련 사업이나 가내(家內) 사업 등에서 성공할 가능성이 크다는 의미를 담고 있다. 이 카드는 또한 황소자리 사람들에게 전형적으로 나타날 수 있는 오만한 성격의 위험에 대해 경고한다. 오만한 성격으로 인해 좋은 상황을 망칠 수도 있기 때문이다.

사태

* 아름다운 것을 소유하게 되거나, 물질적인 것에 심하게 끌리게 된다.
* 가족 재산의 일부를 상속받게 된다.
* 예술적인 표현을 통해서 이익을 얻게 된다.
* 재정 문제를 걱정하게 된다. 이러한 걱정에는 타당한 근거가 있을 수도 있고 없을 수도 있다.
* 사업하기 좋은 기회이다.

3
적응

———

쌍둥이자리의 달

달 – 안정
쌍둥이자리 – 정신적 인식

이미지 : 기이한 행동을 하는 이가 두 명이다. 한 명은 태양-달, 비둘기, 관목, 꽃을 들고 있다. 그가 밟고 있는 사람의 발에는 [5]앙크 십자가가 세워져있다. 카드 아래에는 보트를 네 명이 받치고 있는데, 이들은 토트(Thoth)는 이집트 달의 신이다. [6]토트의 원숭이(Ape of Thoth)라고 불리는 주술사들이다.

개인적인 측면

달/쌍둥이자리 사람들은 감정을 합리화하는 성격이다. 그래서 감정의 원인에 대해서 말하고 캐내려고 하기 때문에 전화세가 많이 나오기도 한다. 이들은 대체로 아동 초기 때의 기억이 현재의 생각에 영향을 미친다. 상상력이 풍부하고 기억력이 매우 좋다. 호기심이 끊임없이 일어나기 때문에 어떻게든 단조로운 것을 피하려고 한다. 그러나 민첩한 재치와 정답을 제시할 수 있는 능력 때문에 신경과민을 앓기도 한다. 달이 쌍둥이자리에 위치하면, 신경 계통에 문제가 생기고 안절부절 못하는 성격이 될 수 있다. 한꺼번에 너무 많은 생각과 걱정이 넘치기 때문에 오히려 문제 해결 방법을 전혀 찾지 못한다. 이 카드가 설명하는 사람은 자신이 처음 어떤 감정을 느꼈는지 조차 잊어버리기도 한다. 아무리 중요한 것이라 할 지라도, 모든 것을 말하려는 욕구를 자제하여 정신적인 안정을 가져야 한다.

점괘로 이 카드가 나왔다면, 가까운 친척과 형제자매들의 영향을 받으며, 그들로부터 항상 답변의 일부를 얻을 수 있을 것이다. 단점은 안절부절못하여안정을 못 찾는다는 것이다.

사태

* 관계를 맺고 있는 사람들과 중요한 논의를 하게 된다.
* 시험늘 보게 뇐다.
* 정보의 변화가 나타난다.
* 은밀한 평가가 이루어진다.
* 무엇인가를 솔직하게 털어놓게 된다.

———

5) T자 형의 고리 십자가로서, 생명을 상징한다.
6) 이 신은 달과 관련된 모든 것뿐만 아니라 지혜, 기록, 주술 등도 관장한다.

4

우 정

———

게자리의 달

달 – 안정

게자리 – 양육 애정

이미지 : 카드 위 부분은 아이들이 팔랑개비국화가 핀 밀밭에서 놀고 있는 모습이다. 이들은 왜가리가 날아가는 것을 보며 서로 즐거워하고 있다. 카드 아래 부분에는 풍요를 상징하는 초승달 좌우에는 달의 철과 달의 은을 상징하는 연금술 기호가 그려져 있다.

개인적인 측면

달은 게자리를 지배하므로, 달/게자리 사람들은 정서적으로 안정되어 있다. 뿐만 아니라 암탉처럼 다른 모든 사람들의 감정도 안정시켜줄 수 있을 것이다. 달/게자리 사람들은 세상이 어떻게 느껴지느냐에 따라서 행동한다. 만약 세상이 어렵고 힘들다고 여겨지면, 게의 껍질처럼 겹겹이 강한 방어 태세를 갖춘다. 이들은 가족과 가정 일이 잘 돌아갈 때 정서적으로 최상의 상태가 된다. 이들은 가족이 전부이다. 친구도 가족이 될 수 있고, 가족이 친구가 될 수 있다. 긍정적이든 부정적이든 부모로부터 받은 유년 시절의 영향력이 평생동안 지속된다. 게자리에 달이 위치하면, 훌륭한 요리사나 미식가가 될 잠재력을 발산한다. 그러나 이들은 감정에 손상을 입게 되면 소화 불량을 겪게 된다는 점도 암시하고 있다. 그리고 다른 것 보다 가족을 양육하는 데에 중점을 두어야 한다는 것도 보여준다.

질문자가 사업을 처음 시작하려고 할 때에 이 카드가 점괘로 나왔다면, 그가 사업 지략이 뛰어나다는 의미이다. 이 우정의 카드는 종종 타인의 생각에 대한 감수성을 강화시켜준다. 질문자는 조만간 친한 친구나 가족을 위해 책임자 역할을 해달라고 부탁을 받게 될 것이다.

사태

* 가족 모임, 기념일 행사 등과 같은 중요한 상황이 발생하게 된다.
* 상속, 혈통 계승, 먼 친척 관계 등과 관련된 일이 생긴다.
* 이사를 하게 된다.
* 친구나 가족의 문제를 함께 고민하고 해결하려고 한다.

5

감상

사자자리의 달

달 – 안정
사자자리 – 창의적인
자기 표현

이미지 : 카드 위 부분에는 풍만하고 우아한 여성이 7) 류트를 연주하고 있다. 그녀의 음악을 감상하고 있는 칼새는 봄과 창의력을 상징한다. 카드 아래 부분에는 원뿔에 과일이 열리고 있는데, 이는 남성과 여성, 즉 태양과 달을 상징하는 것이다.

개인적인 측면

달/사자자리는 프리마돈나의 감성을 지니고 있어, 애정과 감상과 많은 극적인 표현 기회 등을 필요로 한다. 이 카드는 무대의 중심이 되고 싶어 하는 삼성을 나타낸다. 왜냐하면, 사자자리 사람들에게는 큰 것이 아름답기 때문이다. 이들은 남들을 괴롭게 하지만, 그만큼 관대한 면도 많다. 달/사자자리 사람들은 굉장히 낭만적이다. 이들에게는 감정이 중요하다. 달/사자자리 사람들은 높이 평가받고 칭찬 받아야만, 평소에 갖고 있는 낙천주의를 계속 유지할 수 있다. 이들에게는 자신의 자녀이든 아니든 상관없이 아동이 삶의 일부분이다. 그래서 이들은 젊은 사고방식을 지닌 사람들과 함께 지내는 것을 좋아한다. 정서적으로 낙천적인 사람은 사랑하는 사람과 관련된 일에 대해서는 심하게 충동적인 성향을 보인다. 이들은 예술에 대한 감각을 타고났기 때문에, 그러한 잠재 능력을 개발시키는 것이 좋다.

점괘로 이 카드가 나왔다면, 특정 면에서 인정받고 싶어 하는 욕구가 강하다는 암시이다. 주변 사람들의 반응이 높지 못하면, 억지로 반응을 유도하고 싶을 것이다. 이 카드는 정서적으로 배우자나 친한 친구의 반응에 의존한다는 의미도 포함하고 있다. 이 카드가 질문자 자신과 관련이 없는 것이라면, 인기 있고 관대하며 타인에게 존경받는 사람에 관한 것이다.

사태

* 사치스럽거나 낭비하는 일이 생긴다.
* 무대 행사나 아동 공연이 있을 것이다.
* 성취함으로써 자긍심을 얻게 된다.
* 가족 파티나 가족 모임이 생긴다.
* 짧은 명성을 누리고 과도하게 극적인 행동을 하게 된다.

---

7) 중세 시대 때의 현악기 (역주)

6
질서정연

처녀자리의 달

달 – 안정
처녀자리 – 완벽과 자기 표현

이미지 : 위 부분에는 식물이 세 줄로 가지런히 자리고 있고, 자연 만물의 질서 정연함을 상징하는 기호가 세 개 있다. 아래 부분에 있는 문양은 끈기와 섬세함을 필요로 하는 자수 공예를 표현한 것이다.

개인적인 측면

달/처녀자리는 감정을 잘 다스려 내면에 간직하는 것을 좋아한다. 과장된 모습을 피하고, 감정도 과장되지 않게 진실하고 겸손하게 표현한다. 그러면서도 실용적이고 물질적인 방식으로 정서를 표현한다. 가끔 달/처녀자리 카드는 요리나 음식 장만 등에 적성이 있다는 의미이기도 하다. 처녀자리의 가장 큰 정서적인 장점은 모든 감정을 침착하게 유지한다는 것이다. 처녀자리는 질서정연함과 일관성에 대한 욕구가 크기 때문에, 감정에 있어서도 심한 기복을 보이지 않는다. 물론 달이 처녀자리에 위치하게 되면, 타인에게서 감정적인 상처를 받을 수도 있다. 따라서, 컨디션을 계속 좋게 유지하려면 정서적인 안정을 추구해야한다. 처녀자리 사람들에게는 이러한 정신적인 안정이 매우 중요하다. 이들은 정서적 불안정이 지속되면 약물에 의존할 것이다. 처녀자리에 달이 위치하게 되면, 식이 습관과 건강도 중요하게 작용한다. 이들이 정서적으로 최상의 컨디션이 아닐 때에는 건강에 대해서 매우 까다로운 사람이 된다. 처녀자리는 완벽 욕구가 있기 때문에, 이 카드는 지나치게 비판적이고 잔소리가 심한 성격이 될 수 있다는 것을 보여준다.

점괘로 이 카드가 나왔다면, 작업 체계 정리와 건강에 대해서 보여주는 것이다. 몸에 좋은 식이 습관을 기르고, 새롭고 효율적인 일상 작업 절차가 꼭 필요하거나 바람직하다는 의미를 담고 있다.

사태

* 건강에 대해서 새롭게 인식하게 된다.
* 가족에 대한 책임을 맡게 된다.
* 사회 복지 업무를 하거나 사회단체에서 일하게 된다.
* 배경 조사나 연구를 하게 된다.

7

고 우 관 계

————

천칭자리의 달

달 – 안정
천칭자리 – 정의감과
미적 감각

이미지 : 카드 위 부분에는 고전적인 여성들이 우정으로 어깨동무를 하고 있다. 카드 아래 부분은 악수를 하며 인사를 하는 모습이다. 석류는 태양을 상징하는 것으로서 다산과 성장을 의미한다.

개인적인 측면

달/천칭자리 사람들은 항상 주변 사람들에게 영향을 받는 성격이다. 이들은 타인의 감정에 대해 진정으로 걱정하고, 모든 것이 조화롭지 못하면 금방 마음이 상한다. 천칭자리 사람들은 타인의 곤경에 대해 감정적으로 쉽게 빠져든다. 타인을 즐겁게 해주고 모든 것을 조화롭게 하려는 욕구가 크면, 그 조화를 유지하기 위해 교묘한 상황에 빠질 수 있다는 것이 가장 큰 문제점이다. 달/천칭자리 사람들은 멋진 취향과 아름다운 분위기를 좋아하기 때문에, 환경에 영향을 잘 받는다. 천칭자리 사람들의 정서적 이상은 조화로운 분위기 속에서 파트너와 한마음이 되는 것이다. 인생이 그다지 완벽하지 않기 때문에, 타인들을 중재하려는 욕구가 끊이지 않는다. 계속적으로 심적 부담을 받지 않으려면, 가끔씩 마음의 평정을 뒤흔들어 자신의 이기심을 약간 시험해보는 것도 좋다. 달/천칭자리 사람들은 타인의 감정과 행동에 가장 많은 영향을 받는다. 이들은 짓밟혀도 참고만 지내는 사람이 되지 않도록 주의해야 한다.

점쾌로 이 카드가 나왔다면, 결혼이나 대인 관계를 통해서 정서적인 안정과 가정의 안정을 이룰 수 있다는 의미이다. 가정과 관련된 달과 멋진 취향을 나타내는 천칭자리가 결합되어 있는 이 카드는 아름다운 가정을 가진 사람에게 주로 나타난다.

사태

* 가정을 아름답게 한다.
* 사교 모임이 생긴다.
* 사업이나 계약, 세미나 등에 대해 토의하게 된다.
* 팀워크(teamwork)로 일하게 되거나 새로운 우정이 생긴다.

8
힘

전갈자리의 달

달 – 안정
전갈자리 – 자제력, 회복

이미지 : 위 부분에 있는 석문(石門)은 여성의 힘을, 그 뒤에 있는 검은 언덕은 도전과 야망을 상징한다. 태양과 달은 결합되어 있다. 아래 부분에는 여자가 누워서 꿈을 꾸고 있다.

개인적인 측면

달/전갈자리 사람들은 감정이 매우 강렬하고, 지속적인 정서적 애정을 형성한다. 굉장히 충실하지만, 질투심이 생기거나 감정을 강렬하게 폭발하기 쉽다. 전통적으로 달은 전갈자리에서 '침체기' 상태가 되므로, 감정이 자유롭게 표현될 수 있는 운세가 아니다. 잘 보존되어 있던 정서적 에너지가 강렬하고 극단적인 방식으로 표출되는 경우가 자주 있다. 달/전갈자리 사람들은 원한을 그 누구보다도 오랫동안 간직할 수 있지만, 사랑하는 사람을 위해서 너무 큰 희생을 하지는 않는다. 달/전갈자리 사람들은 때때로 타인에 대해 정서적으로 강하게 반응하고, 그들에게 정신적으로 민감해 질 수 있다. 이러한 자질은 치유와 상담 능력을 계발하는데 도움이 된다. 물론 이 모든 정서적 에너지를 지니고 있는 달/전갈자리 사람들은 자신보다 능력이 부족한 사람들을 돕는 일도 한다. 가족 관련 문제는 그리 순탄하지가 않아서, 어쩔 수 없이 이별을 해야 할 것 같다. 달/천칭자리 사람들은 잠재적으로 매우 호색가이기 때문에, 심하게 빠지면 문제가 발생한다.

점괘로 이 카드가 나왔다면, 감정적인 흥분과 관련이 있다. 정열이거나 증오일 수도 있고, 열정이거나 무관심일 수도 있다. 중립적인 상태는 거의 없을 것이다. 종종 이 카드는 인생을 확 뒤바꾸어 놓을 수도 있는 것을 의미하기도 한다.

사태

* 감정이 강렬해지는 상황이 발생한다.
* 비밀이 갑자기 드러나게 된다.
* 심리적인 문제가 발생한다.
* 사랑이 증오로 바뀌거나 증오가 사랑으로 바뀌게 된다.

9

낙천주의

궁수자리의 달

달 – 안정
궁수자리 – 낙천주의, 모험

이미지 : 카드 위 부분은 처녀가 바다의 말을 타고 있는 모습이다. 이 말들은 궁수의 짐승이고, 물고기 꼬리는 물과 관련된 달을 상징한다. 하늘에 있는 아기 천사는 부두교 도형을 이끌고 있는데, 이 도형은 이성에 의해 지배되는 진실, 정의, 사랑을 상징한다.

개인적인 측면

달/궁수자리 사람들은 정서적으로 다소 이상주의적이다. 이들은 감정을 솔직하게 표현하고, 타인들도 자신들처럼 솔직해야한다고 여긴다. 자신감이 낮은 이들은 아무 생각 없이 너무 경솔하게 솔직한 태도를 보이기도 한다. 이들은 남의 감정을 해칠 수 있는 위험을 무릅쓰고라도 진실이라고 여기는 것을 말한다. 왜냐면, 선의의 거짓말보다는 정직한 것이 인간관계에 더 중요하다고 믿기 때문이다. 달/궁수자리는 멀리 있는 것에 대해 생각하는 스타일이기 때문에, 항상 멀리 있는 장소나 멀리 있는 진실에 시선을 고정시킨다. 여행하는 것을 낙으로 삼으며, 낙천주의적인 성향은 끝이 없다. 육체적으로 또는 정신적으로 활동하거나 여행할 때 기분이 고양된다. 아동기 때 가족에게서 물려받은 종교적 · 사회적 · 윤리적 가치에 아직까지 무의식적으로 깊이 끌린다. 이러한 믿음이 이단인 것처럼 보일 수도 있겠지만, 달/궁수자리 사람들에게는 정신적인 면이 인생에서 굉장히 중요하다. 이 카드가 설명하는 사람의 단점은 편협하고 독단적인 사회적 · 종교적 견해를 지니고 있다는 것이다. 낙천주의 카드는 극단적이고 확고부동한 원칙주의자를 상징한다.

점괘로 이 카드가 나왔다면, 곧 장기간 해외여행을 하게 될 것이다. 과거와 관련된 사람이나 먼 나라에서 친구가 찾아오는 것이 질문자에게 중요하다는 의미도 갖고 있다.

사태

* 해외로 이동하거나, 외국 철학 탐구하거나, 휴가 계획을 세운다.
* 과거와 관련된 사항이나 사람을 접하게 된다.
* 낙천적이게 될 동기가 생길 것이다.

10

실제적인 일

———

염소 자리의 달

달 – 안정

염소 자리 – 의무 , 끈 기

이미지 : 지배자와 하인, 땅을 일구는 사람, 밀을 베는 사람이 있는 농촌의 모습이다. 이는 질서와 현실적인 것을 상징한다. 카드 아래 부분에는 꿀을 가져다 줄 월련화(月蓮花)와 일벌이 그려져 있다.

개인적인 측면

달/염소자리 사람들은 약간 신중해서 진솔한 감정 표현을 억제한다. 이들은 항상 정서적인 문제를 실제적, 물질적으로 해결하려 한다. 그래서 이들은 어떠한 상황에서든 약하다고 여겨지는 감정 표현은 하지 않는다. 남들이 자신을 어떻게 보느냐에 대해 신경을 쓰고, 외적으로 늘 침착하게 보이기 위해서 감정을 억제한다. 달이 염소자리에 위치하게 되면, 타인에게서 받는 추측성 모욕 또는 실제 모욕에 대해 지나치게 민감해진다. 달/염소자리 사람들의 사회적 지위는 자신의 정서적인 안정에 도움이 된다. 이들에게는 남의 눈에 띄고 인정받으려는 욕구가 있으며, 집안에 떳떳한 업적을 이룬 사람이 있을 것이다. 그 업적이 어느 정도이든, 달/염소자리 사람들은 가족, 특히 어머니와 강한 유대를 맺으면서 영향을 매우 많이 받는다.

점괘로 이 카드가 나왔다면, 그 사람은 남의 눈에 확 띄게 될 것이다. 이것은 정치적 또는 지역 사회 영역에서의 능력을 암시한다. 현재 이런 영역에 속해있지 않다면, 앞으로 그 능력을 발휘하게 될 것이다. 이 카드는 또한 비범한 조직력으로 성공할 수 있다는 것을 보여준다. 종종 이 카드는, 질 문자가 훌륭한 성공적인 여성에게서 도움을 받아 직장에서 발전할 수 있다는 것을 암시한다.

사태

* 사회 복지와 관련된 일을 한다.
* 실질적인 도움을 받는다.
* 끈기있고 겸손하게 해온 일에 대해서 인정을 받는다.
* 근면 성실하게 수행하여 업적을 이룬다.

11
자 립

______

물 병자리의 달

달 – 안정
물 병자리 – 원칙, 인류 애

이미지 : 카드 위 부분에 그려진 원은 영국의 스톤헨지(Stonehenge; 돌기둥 유적지 [역주])를 형상화한 것이다. 그 앞에 있는 단상 위에는 고귀한 모습의 이집트 여성 조각상이 서 있다. 그 양 옆으로는 물병과 초생달이 각각 그려져 있다. 카드 아래 부분에 그려진 프랑스 까르낙(Camac) 지방의 멘히르(Menhir; 돌기둥 유적지 [역주])는 태양과 달의 일년 주기를 보여준다.

개인적인 측면

달/물병자리 사람들에게는 완벽하게 자유로운 감정 표현과 정서적 · 육체적으로 마음껏 왕래하는 것이 필요하다. 종종 물병자리 사람들은 고집이 세거나, 타인이 너무 가까이 접근하면 괴팍해지는 성향이 있다. 그들은 친구가 누구냐에 따라서, 그리고 자신의 기분에 따라서 감정을 재빨리 바꾼다. 광범위한 수준의 우정이 달/물병자리 사람들의 감정을 고양시킨다. 여기에서 광범위한 수준이란 많은 친구, 많은 새로운 접촉, 그리고 많은 대화를 의미한다. 이들은 대체로 여성과의 지속적인 우정을 중요하게 여기는데, 이는 여성적인 달이 궁수자리에 위치할 때 나타나는 성향이다. 타인과의 끊임없는 접촉에 대한 물병자리의 욕구는, 아이디어를 교환 · 형성 · 재형성하는 데에 중요하다. 이는 마음보다는 주로 정신적으로 맺는 유대관계를 의미한다. 이 카드가 설명하는 사람의 감정과 정서는 합리적이고, 생각의 폭이 굉장히 무한하다. 이는 전통적으로 점성술사가 타고나는 행성과 별자리의 결합이다.

점괘로 이 카드가 나왔다면, 질문자가 정신적인 회오리 속에 갇혀 있는 상황을 의미한다. 따라서, 이들은 자신의 감정을 솔직하게 마음껏 표현해서 털어 버려야 한다. 또한, 조만간 질문자의 집이 대의명분이나 인류애에 대한 집단 회의 장소로 사용될 것이라는 암시이기도 하다.

사태

* 관습에 얽매이지 않는 방식으로 도움을 주거나 받게 된다.
* 제2의 의견이 검토된다.
* 어떠한 상황이나 주제에 관해 독창적인 아이디어가 떠오를 것이다.

12

감정이입

물 고 기자리의 달

달 – 안정
물 고 기자리 – 이해심, 공 감,
동 정, 희생

이미지 : 카드 위 부분에는 아름다운 농촌 풍경이 그려져 있다. 강가에는 바람이 불고, 한 어린이가 큰 개를 어루만지고 있다. 어린이와 개는 함께 있는 것을 즐기고 있다. 아래 부분에 그려진 황금 새의 장식품은 금과 관련된 영적(靈的) 이미지를 상징한다. 귀는 도움을 요청하는 소리에 대한 개방적인 태도를 의미한다.

개인적인 측면

달/물고기자리 사람들의 성격은 정서적으로 굉장히 예민하여, 타인의 감정과 생각을 흡수할 수 있는 영적(靈的) 스펀지 같은 역할을 한다. 사실, 달/물고기자리 사람들은 타인에게서 뭔가 낌새를 금방 알아차리고 강하게 반응을 보인다. 이들은 쉽게 마음의 상처를 입지만 정서적인 회복이 빠르기 때문에, 감정을 충분히 표현할 수 있도록 도움을 받아야 한다. 물고기자리 사람들의 감정은 무의식 및 과거 경험과 관련이 매우 깊다. 이들이 심령적인 능력을 이전에 시험을 해본 적이 있든 없든 간에, 그러한 능력을 발달할 수 있는 잠재력은 분명히 갖고 있다. 달/물고기자리 카드는 내면 밑바닥에 수줍어하는 성격이 있는 사람을 암시한다. 이는 이들이 갖고 있는 굉장히 예민한 성격 및 대인관계 능력과는 대조되는 것이다. 이 카드는 또한 이들이 모든 영역에서 유행에 관한 직관력이 있으며, 직감이 제대로 적중하면 사업에서도 성공을 할 수 있다는 것을 보여준다.

점괘로 이 카드가 나왔다면, 질문자 자신의 감정보다는 타인의 감정에 더욱 관심을 가져야 한다. 감정이입을 상징하는 이 카드는 대중의 취향을 잘 파악하여 그들의 욕구를 충족시켜 줄 수 있는 새로운 서비스나 제품을 개발할 수 있다는 의미다.

사태

* 숨겨진 미스터리, 강렬한 꿈, 조짐 등을 받게 되는 상황이 생긴다.
* 술이나 마약 등을 통해 상황을 도피하려고 한다.
* 희생하려는 욕구가 생긴다.
* 대중의 분위기나 취향을 잘 파악하여 유리하게 이용할 수 있게 된다.

수성

변화의 패

성과 별자리가 결합된 이 카드 패를 보면, 변화와 지적 자극에 어떻게 반응하는지를 알수 있다. 천궁도에서 수성의 위치는 제3궁인데, 이는 학습과 의사소통을 담당하는 곳이다. 수성은 지성(知性), 상식, 추론, 상업 및 사업 등과 관련이 있고, 수성의 핵심적인 자질은 정신적인 활동과 다재다능한 능력이다. 수성 카드 패를 통해서 사고방식과 생각을 표현하는 방식 등을 알수 있다. 또한 의사소통 방식과 학습 습관에 대해서도 알 수 있다. 변화를 상징하는 이 카드 패를 통해 일생동안 어떤 방식으로 여행하는 것을 좋아하는 지를 파악할 수 있고, 빠르면서 모험적인 반응에서 느리지만 확실한 발전에 이르기까지 다양한 새로운 상황에 얼마나 쉽게 적응할 수 있는 지도 알수 있다.

수학자, 학자, 교사, 연설자, 비서, 저널리스트, 편집자, 상인, 여행자, 도둑

수요일, 수은, 책, 티켓, 서류, 신경체계, 손, 인쇄, 대중 매체, 개, 동물, 말하는 새,
작은 규모의 운송 수단이나 교통수단

1

들뜬 마음

양자리의 수성

수성 – 변화
양자리 – 자기 의지

이미지 : 8) 머큐리가 도시를 가로질러 달려가는 모습이다. 하늘에 있는 나침반은 궁극적인 창조의 가능성과 머큐리가 돌아다닐 수 있는 여러 방향을 상징한다.

개인적인 측면

수성/양자리는 결단력 있고 적극적으로 사고하는 사람들로서, 토의와 논쟁을 좋아한다. 정신적으로는 경쟁적이고 충동적이어서, 성급하고 일방적인 결정을 내린다. 수성이 이 별자리에 위치하면, 한 번에 너무 많은 일을 하려는 경향이 생겨, 정신적 · 육체적 에너지를 엄청 낭비하게 되는 위험이 생긴다. 이 카드가 설명하는 사람은 올바르고 논리적인 사고와 행동을 할 것이다. 이들은 지적 능력 수준이 다소 높은 편이며, 언변이 뛰어나다. 이러한 능력은 목표 달성에 중요한 요소이다. 그러나 선천적으로 타고난 호기심과 사물의 본질을 재빨리 파악할 수 있는 능력 때문에, 늘 들떠있고 움직이려는 욕구를 갖고 있다. 이들은 모든 계획마다 금방 싫증내기 때문에, 항상 새로운 자극을 추구한다. 단점은 단지 너무 활발한 정신 때문에 짜증이나 화를 내기 쉽고, 논쟁할 때에는 항상 결정타를 날리고 싶어 하는 욕구를 지니고 있다는 것이다.

점괘로 이 카드가 나왔다면, 질문자가 자신의 생각이나 아이디어를 종이에 적을 필요가 있다는 것이다. 돌아다니면서 글을 쓰다보면 작가가 될 수도 있을 것이다. 이 카드에는 논쟁이 오랫동안 이어질 것이라는 암시도 있다.

사태

* 조사나 탐사를 하게 된다.
* 경쟁적인 문필업이나 논쟁을 하게 된다.
* 창의적인 글쓰기를 하게 된다.
* 큰 논쟁을 하게 된다.
* 매체를 통해 자발적인 의사소통, 접촉, 연락하게 된다.

---

8) 로마 신화에 등장하는 신으로서, 그리스 신화의 헤르메스(Hermes)와 동일함.

2
저 항

황 소 자 리 의 수 성

수 성 – 변 화
황 소 자 리 – 물 질 적 가 치

이미지 : 돌로 만든 황소 조각상이 꿈쩍하지 않고 방어적인 자세를 취하고 있다. 그 뒤에는 관목이 바람에 날리고 있고, 앵무새가 무의미하게 재잘대고 있다. 하늘에 그려진 황소 상징 기호는 마치 또 다른 새가 날개 짓을 하는 모습처럼 보인다.

개인적인 측면

수성/황소자리 사람들은 실제적이고 물질적이며 상식적인 수준에서 사고하고 결정을 내린다. 이들은 주로 사업이나 금전에 극도로 심취해 있다. 새롭거나 사색적인 아이디어를 성급하게 실행하지 않고, 현재의 편안한 상황에 위협이 될 만한 개념에 대해서는 의심하고 경계한다. 수성/황소자리 사람들은 집중력이 강하고 사업을 잘 운영하거나 어떠한 것을 확장 또는 성장시키는데 소질이 있다. 그러나 수성이 황소자리에 위치하면 굉장히 고집이 센 경향이 생긴다. 이러한 성격 유형은 구체적인 결과를 낼 수 있는 것에 기초하여 자신의 가치 체계를 세운다. 이들은 무책임하거나 신뢰할 수 없는 아이디어는 물론, 쓸데기 없는 잡담에도 관심이 없다. 집중력이 강하기 때문에 정신을 산만하게 하는 요소를 무시할 수 있고, 명확하고 유익한 상황 본질을 파악할 수 있다. 그렇다고 이들이 비열한 성격은 아니다. 이들에게는 안락함과 인생의 즐거움이 중요하다. 사업에서 돈 버는 것도 건전한 이유에 바탕을 두어야 한다고 여긴다.

점괘로 이 카드가 나왔다면, 재정과 관련된 생각에 집중하려는 욕구를 의미한다. 또한 질문자가 회계, 경제, 또는 사업 조언을 반드시 살펴보아야 한다는 것을 암시한다. 아니면 여행하면서 일하거나, 이동을 하게 되거나, 매체와 관련이 있다는 암시일 수도 있다.

사태

* 계약을 하게 되거나, 서류상의 표현이나 보험 정책에 대해 왈가왈부하게 된다.
* 미(美)나 예술에 관해 논의하게 된다.
* 재정적인 조언을 받을 필요가 있다.

3
흥 분

___

쌍둥이자리의 수성

수 성 – 변화
쌍둥이자리 – 정신적 인식

이미지 : 의기양양하고 힘차게 걸어가는 말을 탄 현자(賢者)가 큰 뿔을 불고 있다. 그 소리는 구름 낀 하늘에 빛처럼 울려 퍼진다. 그 뒤에 바람이 잘 드나드는 탑이 있는데, 이는 과거의 지혜와 성취를 상징한다.

개인적인 측면

수성이 완전히 자신의 원래 별자리에 위치해있다. 수성/쌍둥이자리 사람들은 잘 흥분하고 민첩하며 다재다능하다. 이런 성격 유형은 다양한 직업에서 찾아볼 수 있는데, 특히 교직이나 홍보 쪽에 많다. 이들은 주변에 일어나는 모든 일에 대해서 호기심이 매우 많고, 이로써 삶의 즐거움을 찾고 사람들과 의사소통한다. 집중하여 깊이 사고할 수 있기 때문에, 모든 것을 파악하기 위해 정신 세계를 확장하는 경향이 있다. 즉, 어떠한 주제에 대해 전문적인 연구에만 집착하는 것이 아니라, 다양하고 총체적으로 접근하는 스타일이다. 이 카드가 설명하는 사람은 모든 유형의 의사소통, 매체, 여행, 사교 모임 등에 흥미가 있다. 글쓰기와 말하기에 재능이 있으므로, 그러한 분야에서 성공할 수 있다. 수성이 쌍둥이자리에 위치하면, 표현의 독창성과 다양성이 굉장히 많아진다.

점괘로 이 카드가 나왔다면, 질문자가 자신의 질문과 관련된 여러 짧은 여행과 더불어 분주하고 의사소통적인 사고를 통해 이익을 얻을 수 있다는 의미이다. 단점은 끊임없이 변화를 추구하고, 동일한 수준의 흥분과 열정을 가지고서 결정을 자꾸 바꾸기 때문에 타인을 화나게 할 수 있다는 것이다.

사태

* 홍보 캠페인을 하게 된다.
* 연설할 기회가 생긴다.
* 새로운 주제에 대해서 연구하게 된다.
* 중요한 문제에 대해서 마음을 바꾸어 중대한 결정을 내리게 된다.
* 사교 모임으로 분주해질 것이다.

<table>
<tr><td style="text-align:center">

4

직관력

―――――

게자리의 수 성

</td><td></td><td style="text-align:center">

수 성 – 변화
게자리 – 양육 애정

</td></tr>
</table>

이미지 : 세 개의 원판은 각각 오각형, 인장(印章), 달의 천사를 상징한다. 구름 위에는 손이 네 개인 인물이 연꽃을 들고 있다. 이 연꽃은 직관적이고 영감적(靈感的)인 창의력을 상징한다.

개인적인 측면

수성/게자리 사람들은 생각과 감정이 불가분의 관계이다. 이 카드가 설명하는 사람은 결정을 내릴 때에 현재 감정이나 동일한 상황에 대한 지난번의 감정에 바탕을 둔다. 왜냐면, 수성/게자리 사람들에게는 과거의 경험이 현 상황에 대한 반응에 중요한 역할을 하기 때문이다. 정신적·정서적 측면에서 볼 때, 살면서 일어난 일을 이런 식으로 비교하는 것은 끊임없는 방어적인 행동 양식이다. 수성/게자리 사람들은 아이디어나 명분에 감정적으로 쉽게 빠지고, 그러한 상황에 완전히 직관적으로 반응을 보인다. 많은 정신적인 활동이 가정에서 계속 이루어지므로, 당연히 서재에는 책이 가득하다. 수성/게자리 사람들은 향수를 불러일으키는 서류 캐비닛처럼 단편적인 지식을 조금씩 쌓아 가는 경향이 있다. 그리고 친구나 연인과 일단 전화 통화를 하게 되면, 전화세가 엄청나게 나온다. 이들은 수다스러운 성격이기는 하지만 창의적인 글쓰기에 천재적인 재능을 지니고 있다. 게자리는 기억력이 굉장히 좋고, 무의식적으로 정보를 흡수하고 기억해 낼 수 있는 사람이다.

점쾌로 이 카드가 나왔다면, 전통적인 가정의 사고방식과 초기 아동기 때 조건화된 개념을 상징하는 것이다. 질문자가 궁금해 하는 사안에 대해서는 친한 가족이나 친구의 생각과 의견이 굉장히 중요하다는 의미도 담고 있다.

사태

* 과거에 있었던 일들이나 옛 추억이 떠오르게 된다.
* 오랫동안 연락이 끊긴 사람이 찾아오게 된다.
* 가족이나 친구의 조언을 얻게 된다.
* 집에서 공부한다.

5

연극

사자자리의 수성

수 성 – 변화
사자자리 – 창의적인
자기 표현

이미지 : 무한하게 보이는 뫼비우스 관(管)이 사람의 마음을 당황하게 한다. 큰 사자가 정신을 차리기 위해서 으르렁댄다. 원판은 언변(言辯)을 보호하는 오각형이 그려진 부적이다.

개인적인 측면

수성/사자자리는 큰 아이디어와 커다란 사고를 가지고 있고 매우 훌륭한 비전을 지니고 있어, 사태를 잘 파악할 수 있다. 세부적인 사항을 잘 다루지는 못하지만, 어떠한 큰 계획의 미래 가능성을 훌륭하게 판단할 수 있고, 목표 달성을 위해 매진한다. 이 카드는 주로 직관력을 지닌 사람들이나 예술 기획인들과 관련이 있다. 자신감이 많고, 아이디어를 점차적으로 형성해 간다. 일단 아이디어를 완전히 형성하고 나면, 변경하거나 거기에서 벗어나지 않는다. 어떠한 분야에서 권위를 인정받고 싶어 하는 욕구를 충족시키려면 훌륭한 프리젠테이션 기술, 즉 발표력이 필요한데, 수성/사자자리 사람들은 말과 글로써 자신들을 드라마틱하게 표현할 수 있는 능력을 가지고 있어, 그러한 것에 큰 자긍심을 갖고 있다. 물리적인 기술보다는 지적(知的)인 다재다능함을 보여줄 수 있는 적성과 관련이 있으므로, 영화나 연극 관련 일에 적합하다. 단점은 지나치게 사색에 빠질 수 있고, 지적(知的)으로 뽐내려 한다는 것이다.

점괘로 이 카드가 나왔다면, 질문자와 친한 아동이나 젊은이들의 지적(知的) 성공에 대한 자긍심을 의미한다. 또한 그들에게 더 큰 노력을 가하도록 밀어 붙이려는 것과도 관련이 있다. 사자자리에는 항상 바람기가 있으므로, 잠시 바람 피울 수도 있을 것이다. 육체적인 관계라기보다는 말이나 글과 관련된 사태이다. 아마 러브레터가 오가는 정도일 것이다.

사태

* 기발한 발표를 하게 되거나 멋진 일이 생긴다.
* 창의적인 흥미가 번뜩이게 된다.
* 재판을 하거나 정신적인 업적을 이루게 된다.
* 통신 수단을 통해 바람을 피우게 된다.

6

신중함

처녀자리의 수성

수성 – 변화
처녀자리 – 완벽과 봉사

이미지 : 왕관을 쓴 여성은 대지의 어머니이다. 그녀는 겁에 질린 재칼들을 피해 미친 듯이 달려드는 영양 떼를 보호하기 위해서 손을 들고 있다. 이들이 갑자기 이동하면 위험해질 수 있다.

개인적인 측면

수성/처녀자리는 예리하고 분석적이며 추론 능력이 좋다. 수성은 처녀자리와 쌍둥이자리를 지배한다. 처녀자리에는 행복의 요소가 있지만, 쌍둥이자리(55 페이지 참조)보다는 훨씬 더 통제된 방식으로 나타난다. 수성/처녀자리의 핵심은 질서정연함과 체계성이다. 수성/처녀자리 사람들은 정신적인 활동에 신중하게 접근하고, 불확실하거나 혼란스러운 생각에 대해서는 시간 낭비를 하지 않는다. 수성/처녀자리 사람들에게는 원활한 작업 환경이 필요하다. 주의가 산만하거나 하찮은 일에 신경을 쓰게 되면 완벽해질 수가 없기 때문이다. 이들은 폭넓거나 산만한 직업보다는 습득된 기술과 전문적인 지식을 요하는 일에 적합하다. 그리고 이들은 일하기 전에 각 업무의 경계를 잘 파악한다. 글쓰기와 가르치는 일에 재능을 갖고 있으며, 적어도 정보를 전달하는 능력만큼은 뛰어나다. 이들은 방법론적으로 사고하며 조작 기술이 뛰어나므로, 매우 전문화된 정신적인 업무에 적격이다. 가정에서처럼 직장에서도 다소 비효율적인 사람들이 겪는 혼란이 무엇인지 잘 판단하여 가려낸다.

점괘로 이 카드가 나왔다면, 어떠한 문제에 대해 조치를 취하기 이전에 찬성과 반대 견해를 신중하게 잘 살펴야 한다는 의미이다. 처녀자리 사람들은 섣불리 행동하지 않는다. 비록 이 카드가 전문가를 상징하기는 하지만 수성과 결합이 되어있으므로, 긴급 사항에 대해서는 한 가지 이상의 기술이 필요하다는 것을 보여준다.

사태

* 신중함과 인내심을 필요로 하는 섬세한 수공업, 목록 작업, 힘이 많이 드는 일을 하게 된다.
* 직장에서 질서체계를 회복시킨다.
*미리 계획을 세워야 한다.

7
영향력

———

천칭자리의 수 성

수 성 – 변화
천칭자리 – 정의감과
미적 감각

이미지 : 몸을 꼬고 있는 뱀의 혀는 수성을 나타내는 점성술 기호이다. 이것은 자연스러운 말, 교활함, 설득, 유혹을 상징한다. 첫 관계에서 아담과 이브는 아무 위험을 모른 채 걷고 있다. 장미에는 가시가 있다.

개인적인 측면

수성/천칭자리의 정신적 표현은 주로 인간 상호작용과 친밀한 관계에서 비롯된 것이다. 수성/천칭자리는 내성적이고 교양 있는 사람들과 사귀는 것을 좋아한다. 이늘은 선전적으로 타인의 사고방식에 대해 호기심을 갖고 있기 때문에, 겉보기에도 매우 사교적이고 친근하게 여겨진다. 이들은 여러 가지 건전한 토의와 온화한 논쟁을 통해, 어떠한 문제에 대한 양면성을 파악할 수 있는 능력을 발휘하려는 욕구가 많다. 이들은 모든 사람들의 생각이 결합되고 발전할 수 있는 브레인스토밍 기법을 통해 아이디어를 가장 잘 개발할 수 있다. 팀워크를 통해 일을 가장 잘 해낼 수 있고, 좋은 대화와 공통된 지적 관심사를 통해 인간관계를 맺는다. 이들은 다른 관점도 파악할 수 있기 때문에 중재 능력과 절충 능력이 뛰어나다. 따라서, 이들은 자연히 심리학, 섭외, 사회학, 법학 등에 끌리게 된다. 단점은 항상 모든 것에 공평하기 때문에 어떠한 사안에 대해 한쪽으로 단호하게 결정을 내리지 못한다는 것이다.

점괘로 이 카드가 나왔다면, 질문자가 현 문제를 해결하기 위해서는 훌륭한 동료의 의견을 들어야 한다는 암시이다.

사태

* 남들 말에 혹하게 된다.
* 그룹 벤처를 하게 된다.
* 타인의 좋은 조언이 필요하다.
* 새로운 인간관계가 싹트게 된다.
* 영웅의 영감(靈感)을 얻게 된다.

8

극 단 주 의

전 갈 자 리 의 수 성

수 성 - 변화
전 갈 자 리 - 자제력, 회복

이미지 : 편지 내용 때문에 남녀가 싸우는 진부한 극의 한 장면이다. 편지의 내용으로 인해 모든 것이 달라졌다. 이 장면에서 까마귀가 날카롭게 울어댄다.

개인적인 측면

이 카드는 내적으로 깊이 사고하는 사람, 즉 타인의 동기를 파악하는 예리한 통찰력으로 사고하는 직관적이고 심오한 사람과 관련이 있다. 이러한 성격은 논쟁할 때에 매우 설득력을 지닌다. 전형적으로 수성/전갈자리 사람들은 비밀스러운 면이 있고, 쓸 데 없는 말로 시간 낭비를 하지 않는다. 굉장히 많은 존경을 받고, 자석처럼 많은 추종자들을 끌어들인다. 어떠한 사안의 모든 가능성을 파악하기 위해 극단적인 반대 입장을 취하는 능력을 갖고 있기 때문에, 훌륭한 수사관이나 연구원이 될 수 있다. 자신의 철학이나 신념을 과감하게 바꿀 수도 있기 때문에, 마지막 견해로 다룬 사안들을 해결되지 않은 채로 남겨둔다. 수성/전갈자리 사람들에게 있어서 최고의 도전 과제는 불가능해 보이는 문제를 해결하는 것이다. 이들은 이러한 도전 과제를 반드시 필요로 하기 때문에, 어떠한 상황을 만회하고 극복하려다 보면 불행한 일이 종종 발생하게 된다. 이들은 과학이나 비학(秘學)에 큰 관심을 보인다. 자연과학적이든 신비주의적이든, 인생의 비밀을 파악하는 것이 이들에게 중요하다. 음모(陰謀)도 좋아해서 탐정 소설가, 저널리스트, 형사, 범죄 연구원 등이 될 수 있다.

점괘로 이 카드가 나왔다면, 해결되지 않을 것 같은 상황을 극복하기 위해서는 자신의 철학을 총체적으로 점검해야 한다는 의미이다.

사태

* 말을 격렬하게 퍼부을 것이다.
* 사망 소식이 있을 것이다.
* 큰 문제를 해결할 것이다.
* 심오한 인생의 문제에 대해 논의할 것이다.
* 견해를 과감하게 바꿀 것이다.

9

발견

궁 수 자 리 의 수 성

수 성 − 변화
궁 수 자 리 − 낙천주 의, 모 험

이미지 : 미라는 역사와 지식을, 배는 장거리 여행을 상징한다. 파도 위에는 지구본 모양의 태양이 있다.

개인적인 측면

수성/궁수자리 사람들은 심화 교육과 관련이 깊다. 사실, 이들은 개인의 철학과 진실을 계속 추구한다. 수성/궁수자리사람들은 종종 대중의 취향과 견해에 대해 예언적인 통찰력을 가지고 있기 때문에 성공적으로 직감을 발휘한다. 이러한 면은 정치나 대기업 등과 같이 권위적인 지위에 있는 사람들에게 적합하다. 수성/궁수자리 사람들에게는 타인의 태도가 중요하고, 타인의 생각을 인식함으로써 자신들의 주요한 아이디어나 결정을 내린다. 이 카드가 설명하는 사람은 예리하게 대중의 견해를 밝히고 판단하여, 그러한 견해를 성공적으로 이용하기 때문에 인기가 높아진다. 항상 논리적인 것은 아니지만, 자신의 생각을 늘 진실하게 말한다. 이렇게 정직하면서도 관습적인 견해에 매여 있고, 인기 유지를 최우선적으로 여긴다. 이들은 진정으로 사람들을 좋아하고, 사람들도 이들을 좋아한다. 수성/궁수자리 사람들에게는 여행이 중요하다. 이들은 다른 나라에서 또는 다른 나라의 문화를 접하면서 살게 될 것이다.

점괘로 이 카드가 나왔다면, 질문자가 이러한 유형의 영향력 있는 사람을 만날 지도 모른다. 아니면, 질문자가 세계에 관한 자신의 지식을 넓혀감으로써 발전하려는 욕구를 가지게 될 지도 모른다.

사태

* 외국에서 온 사람을 만나게 된다.
* 외국어를 배우게 된다.
* 장기간의 여행 계획을 세우게 된다.
* 지도자를 만나 철학이나 종교를 깨닫게 된다.
* 정치와 연루될 수 있다.

10

조 직

———

염소 자리의 수 성

수 성 – 변화

염소 자리 – 낙천주 의, 끈 기

이미지 : 농장의 모습이 소박한 삶을 표현하고 있는 듯하다. 그러나 일의 절차를 철저하게 지키고 의무를 다함으로써, 눈에 보이는 노력의 결실을 맺을 수 있다.

개인적인 측면

수성/염소자리사람들은 예민하고 실제적이고 조직적이며 야망이 많다. 이들은 항상 합리적으로 사고하고, 본능적으로 한 번에 한 가지씩 차근차근 일을 해나가기 때문에 실수를 거의 하지 않고 자신의 야망을 실현한다. 항상 현실적으로 목표에 접근하기 때문에 이상주의적인 책략에 넘어가지 않고, 빠른 방법보다는 느려도 확실한 길을 택한다. 조직에서 성실하고 끈기 있게 일을 해 나가려면 유머감각도 있어야 한다. 일만하고 놀지 않으면 바보가 된다는 말도 있지 않은가. 성실하고 엄격한 성격임에도 불구하고 수성/염소자리 사람들의 공통적인 특징은 유머감각을 갖고 있다는 것이다. 따라서, 수성/염소자리 사람들은 주로 코미디언이 많다. 이들은 무엇인가를 전문적으로 성취하기 위해서 교육에 많은 시간을 쏟는다. 따라서, 교육 계획을 세우는 것을 중요시한다. 이들은 대중들과 의사소통도 잘 하여, 정치 · 사회 또는 지역사회 일에서 인정받고 성공할 수 있다. 수성/염소자리 사람들은 인정과 성취를 필요로 하는 만큼 권위도 존중한다. 종종 권위 존중과 눈에 보이는 결과를 원하는 욕구가 극단적으로 결합하면, 자신의 개인 명성을 강화시키기 위해 유명한 사람의 이름이나 영향력 있는 사람들의 회사의 성공에 대해 거들먹거리기도 한다.

점괘로 이 카드가 나왔다면, 장기적인 목표를 달성하기 위해서거나 현재 처한 문제를 해결하기 위해서는 열심히 그리고 성실하게 노력해야 한다는 의미이다.

사태

* 엄청난 끈기가 필요하다.
* 훈련과 통제에 관해 논의하게 된다.
* 책임을 맡아야 할 지위에 놓이게 된다.
* 유명한 사람과 일하게 된다.

11

독 창 성

물 병 자 리 의 수 성

수 성 – 변 화
물 병 자 리 – 원 칙, 인 류 애

이미지 : 별과 날아가는 새는 희망과 더 높은 영감(靈感)을 상징한다. 기계는 인간의 상상력으로 인해 발전해온 복잡한 현실을 보여주는 것이다.

개인적인 측면

수성/물병자리 사람들은 새로운 경험과 새로운 관점에 항상 개방적이다. 혁신적인 정신을 지닌 사람들은 편협하지 않고 진실하며 객관적이다. 아무리 전통적인 사회에서 용인되는 개념이라 하더라도 어떠한 사실과 상충되거나 직접 체험한 경험과 상충되는 것에 대해서는 시간 낭비를 하지 않는다. 아이디어를 떠올리고 새로운 각도에서 상황을 판단하는 능력으로 인해 순간적으로 영감 (靈感)과 독창성이 떠오른다. 웬만한 것에는 놀라지 않기 때문에, 늘 신선한 사고방식을 갖고 있다. 이러한 면모를 지닌 사람들은 잘 가르치고 잘 배우기도 하지만, 우선적으로 좋은 정신적 자극을 필요로 한다. 이들은 아이디어를 폭넓게 파악하기 때문에 인본주의에 크게 관심을 갖고 다소 불행한 사람들을 위한 더 나은 삶을 모색하려한다. 또한 혁신적인 것, 특히 새로운 기술에 늘 관심을 갖고 있으며, 그러한 분야에 대한 능력도 갖고 있다. 과학적인 조사 연구에 대한 관심도 굉장히 크기 때문에, 다소 보수적인 사람들이 싫어할 수 있는 희한한 학문도 접하게 된다. 아이디어가 너무 희한해서 의사소통이 이루어지지 않는다면, 굉장히 기괴한 사람으로 비칠 수 있다는 것이 단점이다.

점괘로 이 카드가 나왔다면, 질문자가 다른 각도에서 살펴보고 판단하여 새로운 접근법을 찾아야 한다는 것을 의미한다.

사태

* 새로운 접근법을 찾게 된다.
* 충격적인 발표가 있을 것이다.
* 과감하게 변화시키기 위해 꼭 필요한 아이디어를 찾게 된다.
* 기발한 연구 결과를 얻게 된다.
* 발명을 하거나 혁신을 일으키게 된다

12

영 감(靈感)

물 고 기자리의 수성

수 성 – 변화
물 고 기자리 – 이해, 공 감,
동 정, 희생

이미지 : 옷자락을 휘날리며 춤을 추는 여인의 한 팔은 하늘로, 다른 한 팔은 땅으로 향하고 있다. 이것은 영적인 차원과 물질적인 차원을 각각 상징하는 것이다. 태양은 석조 건물 위에서 눈을 감은 채 희미하게 비치고 있다.

개인적인 차원

수성/물고기자리는 생각과 아이디어를 쉽게 시각화할 수 있는 매우 생생한 상상력과 타인을 즐겁게 해주는 능력을 타고났다. 이들은 무의식 수준에서 거의 텔레파시 같은 직관력을 갖고 있기 때문에, 상상력이 뛰어나서 창의적이거나 예술적인 세계에서 성공한다. 많은 작가와 창의적인 예술가가 여기에 속한다. 시인이나 작가이든 아니든, 수성/물고기자리 사람들은 주변 세계에 상상력을 부여하는 능력을 갖고 있다. 논리적인 추론보다는 직관적인 인식을 통해 결론을 내린다. 타인의 감정과 생각을 마치 스펀지처럼 흡수하는 능력을 지니고 있다. 이들의 생각과 아이디어에는 은밀한 면이 있다. 선천적으로 환상 속에서 살려고 하는 능력이 과대해지면, 정신적으로 현실 도피에 빠질 수 있다. 자신의 생각을 타인과 과감하게 공유한다면, 이러한 능력을 상상력으로 발휘할 수 있다. 수성과 물고기자리의 결합은 끊임없이 다재다능한 정신을 발산하므로, 하나의 환상적인 아이디어에서 다른 멋진 아이디어로 쉽게 발전할 수 있다. 이야기를 해주거나 타인의 생각과 욕구를 맞추기에 적합하다.

점괘로 이 카드가 나왔다면, 질문자가 자신의 내적 비전을 열어 보인다면, 질문에 대한 본능적인 해답을 얻을 수 있다는 의미이다. 질문자가 이미 해답을 알고 있으면서도 인정하기를 거부하고 있다는 의미이기도 하다.

사태

* 풍부하게 상상력을 발휘하여 이야기를 들려주게 된다.
* 영감(靈感)을 얻어 글을 쓰게 된다.
* 변명 거리를 만들어 낸다.
* 환상의 세계를 만들어 내고, 혼란스러워 하거나 자신이 소망하는 생각을 하게 된다.

금성

사랑의 패

로마 신화에서 비너스는 사랑의 여신이다. 점성술에서는 금성이 사랑과 관련이 있다. 금성 패의 카드를 통해 어디서 어떻게 사랑을 추구하고 교제할 수 있는지를 알 수 있다. 또한 주변 환경이나 타인들과 관계를 맺는 방식과 자유와 자립을 선호하는지, 아니면 친근하고 친밀한 관계를 선호하는 지도 알 수 있다. 금성 카드는 우리가 가치를 두는 모든 것을 안내해 주고, 금전이나 재산과도 관련이 있다. 금성의 위치에 따라서 미적 감각과 예술과 미를 감상하는 각기 다른 성격 유형 등을 파악할 수 있으며, 개인이 축적하는 재산과 관련해서 내리는 선택과도 관련이 깊다. 그러나 우선적으로 금성 카드는 사랑과 결혼, 그리고 타인을 매혹시키는 능력과 관련이 있기 때문에, 금성의 위치에 따라서 연애 관계와 결혼에 있어서 각자의 감정 표현 방식을 정확히 알 수 있다.

금성과 관련된 직업:

음악가, 가수, 식물학자, 정원사, 향수 전문가, 미용 전문가, 화가, 조각가, 귀금속업자,
패션 디자이너, 은행원

금성과 관련된 사항:

금요일, 구리, 청동, 유용하고 아름다운 물건들, 화장품, 향수, 투자,
골동품, 귀금속 및 보석, 예술

1
욕 망

양자리의 금 성

금 성 – 사랑
양자리 – 자기 의지

이미지 : 꾸밈없는 모습의 인물은 욕망의 대상이고, 불을 뿜는 화산은 양자리의 갑작스러운 에너지 분출을 상징한다. 카멜레온은 목적을 달성하기 위해서라면 거기에 걸맞게 색깔을 바꾼다.

개인적인 측면

금성/양자리는 사랑과 자기 의지가 결합된 유형이므로, 여기에 해당하는 사람은 개인적으로 관심을 받으려는 욕구가 강하고, 파트너를 맺는 일에는 굉장히 열정적으로 경쟁할 것이다. 의시가 강하고 흔들림이 없으며, 애정적이고 사랑과 인생에 대한 건전한 욕망을 갖고 있다. 이들은 인간관계와 좋은 취향과 관련된 일에서는 충동적이다. 무엇을 또는 누구를 선택하든지 단호한 태도를 보인다. 이러한 성격 유형은 활발하고 긍정적이며 굉장히 정열적이며 활력이 넘친다. 마음이 따뜻하고 쾌활하며 친근한 성격이기 때문에, 진정한 우정을 맺을 수 있는 친구를 많이 얻는다. 금성/양자리는 사람들을 편안하게 해주고, 까다로운 상황 속에서 자신의 능력을 성공적으로 발휘한다. 이런 자질을 통해 사업과 연애를 잘 할 수 있다. 경쟁적인 본능을 이용하여 자신의 욕구를 잘 충족시킬 수 있다. 모든 금성의 상(相)이 그렇듯이, 이 카드는 예술적인 창의성을 암시한다. 자신들이 예술적이지 않다면, 주변에 예술적이고 재능이 많은 여러 친구를 사귈 능력이 있을 것이다. 금성/양자리 사람들은 외모를 중요하게 여기므로, 어디서든 남들 앞에 설 때면 잘 보이려고 노력한다.

점괘로 이 카드가 나왔다면, 자기주장을 확실히 펴야 한다는 것을 의미한다. 물론, 그렇게 하기 위해서는 온정과 매력을 잃지 않도록 최선을 다해야 한다. 즉, 외유내강(外柔內剛)이 질문에 대한 해답이다.

사태

* 잠깐 동안의 열렬한 사랑이 이루어질 것이다.
* 싸움을 좋아하고, 언쟁이 벌어지게 될 것이다.
* 도전을 좋아한다.

2
연애

황소 자리의 금성

금 성 - 사랑
황소 자리 - 물 질적 가치

이미지 : 행복하고 헌신적인 연인들이 큐피드의 반주에 맞추어 춤을 추는 모습이다. 이것은 사랑, 미(美), 예술, 낭만이 충만한 상태를 상징한다.

개인적인 측면

금성이 원래 위치인 황소자리에 있다. 활기찬 행성과 활기찬 별자리가 결합되어 있으므로, 인생에서 아름답고 즐거운 것과 관련이 있고, 지속적이고도 안정된 애정을 의미한다. 금성/황소자리 사람들은 편안하고 화려하며 아름다운 환경을 좋아하여, 그러한 환경을 이루려고 노력한다. 이러한 성격 때문에, 사회적 지위는 부(富)나 예술적인 능력이 바탕이 된다. 소유하는 것도 좋아하고, 자신들이 소유되는 것도 좋아한다. 그러나 돈을 버는 기술이 분명히 있기 때문에, 극단적으로 치우치면 방종하고 탐욕적이게 될 수 있는 것이 단점이다. 이들은 육체적이고 관능적인 관계를 잘 맺기 때문에 진정한 연인을 얻지 못한다. 이들은 자신의 능력을 손으로 할 수 있는 예술 활동에 쏟을 수 있다. 전문적인 감각으로 물질적인 가치를 파악할 수 있기 때문에, 모델링과 조각을 쉽게 해낼 수 있다. 금성/황소자리에는 가수가 많다. 그러나 가수의 재능이 없는 사람이라 해도, 목소리만큼은 멋진 경우가 많다. 또한 굉장한 낭만주의자이지만, 없어 보이는 사랑보다는 풍성하게 있어 보이는 사랑을 좋아하다 보니, 연인에게 좋은 인상을 주기 위해 과도하게 사치하는 경향을 보인다.

점괘로 이 카드가 나왔다면, 대체로 질문자에게 조만간 즐거운 일이 있을 것이라는 암시이다. 아마 돈이 약간 생길 수도 있을 것이다. 예술과 관련된 사람이라면, 하는 일이 성공할 것이라는 의미이다.

사태

* 사랑이 이루어질 것이다.
* 애정 관계를 통해 편안하고 행복하게 살 것이다.
* 뜻밖의 횡재가 생기거나 가까운 사람으로부터 선물을 받게 된다.

3
아 첨

쌍둥이자리의 금 성

금 성 – 사랑
쌍둥이자리 – 정신적 인식

이미지 : 야누스는 얼굴이 두 개이다. 하나는 과거를, 다른 하나는 미래를 바라본다. 여기에서는 다른 사람들의 대화를 들으면서 남과 이야기할 수 있는 쌍둥이자리의 자질을 상징하는 것이다. 넓게 펼쳐진 식물은 쌍둥이자리의 금성이 갖고 있는 다양성을 암시한다.

개인적인 측면

금성/쌍둥이자리 사람들은 연애 생활에서 다양성을 필요로 한다. 이들이 만약 정착해야 한다면 (정착할 수도 없는 사람들이지만), 분명 자신들만큼 변덕스러운 사람을 만나야 할 것이다. 이들은 모든 사람들의 친구가 될 수 있다. 그러나 대화와 재치가 이루어지는 그 순간에만 한 사람에게 헌신할 수 있다. 이 카드가 설명하는 사람은 연인과 친구들과의 대화를 촉진시키는 것을 최우선적으로 여긴다. 금성/쌍둥이자리 사람들은 자유를 매우 필요로 하고, 여기저기에 애정을 주는 경향도 있다. 모든 사람들의 마음에 들 수 있는 다재다능한 능력을 갖고 있기 때문에, 관심을 받을 수 있는 말만 골라서 하는 경향도 있다. 사실, 이들은 행동보다는 말을 더 중요시하며, 듣기 좋은 말과 칭찬을 잘한다. 사태를 좋게 하기 위해서라면 선의의 거짓말도 서슴지 않으며, 아첨과 아부를 함으로써 인생을 더 즐겁게 만든다. 문학, 예술, 창의적인 작업을 좋아하므로, 그러한 분야에 있는 사람들을 친구로 사귀려고 한다. 사실, 자신들도 그러한 분야에 재능을 가지고 있다.

점괘로 이 카드가 나왔다면, 경쟁적인 논쟁보다는 현재 상황에서 약간 의무적인 감언이설이 훨씬 더 효과적일 것이라는 의미이다.

사태

* 은밀한 애정이 이루어질 것이다.
* 상상했던 연애가 이루어 질 것이다.
* 양다리를 걸치게 된다.
* 사기성 연애가 이루어진다.
* 교제하려는 욕구가 끊이지 않는다.

4

탄 생

———

게자리의 금 성

금 성 – 사랑
게자리 – 양육 애정

이미지 : 새로운 아기 천사의 탄생이다. 바위 동굴은 게자리의 강한 보호소를 상징한다. 위로는 태양과 달이 탄생을 보호한다. 두 개의 기호는 각각 비너스의 인장(印章)과 비너스의 정신을 상징한다.

개인적인 측면

금성/게자리 사람들은 감수성이 풍부하고 낭만적이다. 이들은 안정된 인간관계를 필요로 하고, 애정을 표현하면서 사는 사람들이다. 주변 사람과 사물을 사랑하고, 자신도 그만큼 사랑 받기를 원한다. 금성이 게자리에 위치하면 필연적으로 가정을 꾸리게 된다. 자녀를 키우면서 행복한 가정을 유지하는 것이 이 카드의 핵심이다. 재산도 가족처럼 소중히 여기기 때문에 편안한 가정을 이룰 수 있다. 금성/게자리는 가정에서 즐거움을 줄 수 있는 사람이며, 친구가 집으로 찾아오는 것을 가정 생활의 중요한 일부라고 여긴다. 이들은 주변 환경을 편안하게 만드는 데에 시간을 보낸다. 정원을 꾸미는 것도 좋아하기 때문에, 이를 통해 이들의 인테리어 수준과 취향을 알 수 있다. 금성/게자리 사람들의 단점은 성격이 너무 강해지고, 소유욕이 심해질 수 있다는 것이다.

점괘로 이 카드가 나왔다면, 아이가 태어나거나 가족의 수가 늘어난다는 암시이다. 또한 질문에 대한 답을 찾기 위해서는 어머니나 가족들과 연락을 취해야 한다는 것이다.

사태

* 아이가 태어나거나, 입양을 하게 된다.
* 가족의 수가 늘어나게 된다.
* 기념일을 축하하게 된다.
* 어린 시절의 친구를 만나게 된다.

5
사 랑
―――――
사자자리의 금 성

금 성 – 사 랑
사자자리 – 창의적인
자 기 표 현

이미지 : 천사들이 서로 애무하고 있다. 이들은 어린아이처럼 행동하는 어른들이다. 이 장면은 순진하고 무책임한 사랑과 쾌락을 나타낸다. 하늘에는 별과 하트가 환상적인 불꽃놀이 장면처럼 날아다닌다.

개인적인 측면

금성/사자자리는 매우 열렬하고 온화하며 극적인 사랑과 관련이 깊다. 이들은 사치스럽고 지나치게 과장된 방식으로 접근한다. 이들은 인생을 최대한으로 슬기며 살고, 긍정석인 느낌을 가질 때에 인생이 충만해진다. 선천적으로 낭만적이기 때문에, 매우 극적이고 흥분되는 상황을 좋아한다. 무르익은 사랑의 불장난 같은 전율보다 더 매력적인 것이 있을까. 이들은 아첨에 잘 넘어가기는 하지만, 사랑하는 사람에게는 매우 성실하게 대한다. 금성/사자자리는 본래의 밝은 모습을 유지하려면, 항상 즐거워하고 사치스러워야 한다. 어떠한 관계든지 상호 간에 존경과 애정이 넘쳐나야 한다. 이러한 상호간의 존경심이 없다면, 성미 까다로운 늙은 사자가 모든 사람들에게 으르렁대는 듯한 모습이 나타날 것이다. 사자자리는 창의성과 관련된 별자리이므로, 금성/사자자리 사람들의 삶에는 예술이 중요하며, 예술 방면에 특별한 소질도 갖고 있다. 이들은 예술적이거나 창의적인 일에 노력을 쏟고 싶어 하는 욕구가 굉장히 크다. 어린이도 금성/사자자리 사람들에게 중요하며, 이들은 젊은이들 사이에서 쉽게 마음을 터놓고 친구를 잘 사귄다.

점괘로 이 카드가 나왔다면, 새로운 자극이 생겨 창의적인 일에 노력을 가할 것이라는 의미이다. 새로운 열정이나 관심, 심지어는 새로운 사랑이 생길 것이라는 암시이기도 하다.

사태

* 극적인 사랑에 깊이 빠지게 된다.
* 생활 방식이 매우 화려하게 보일 것이다.
* 사치나 과소비를 하게 된다.
* 쇼 비즈니스에 종사하게 된다.

6

선별

처녀자리의 금성

금 성 – 사랑
처녀자리 – 완벽과 봉 사

이미지 : 화관을 쓴 여성이 맨발로 시골길을 걷고 있다. 그녀는 여러 나비에게 손을 뻗는다. 조그마한 여우가 울부짖고 있다. 처녀자리는 더 작고 연약한 생물들을 돌봐준다.

개인적인 측면

금성/처녀자리는 낭만적인 유형이고, 지적(知的) 관심사를 서로 공유하는 것을 중요시한다. 이들은 감정을 지나치게 분석하려는 경향이 단점이지만, 긍정적으로 활용한다면 인간관계에 대해 상담해 줄 수 있다. 친한 친구는 거의 없지만, 친구를 선별적으로 사귄다. 누구에게 그리고 무엇에 애정을 쏟을 것인지를 매우 신중하게 선별한다. 이러한 성격이 매우 부정적으로 작용하면, 앞으로 사귈 친구나 애인에 대해 심하게 까다로워질 수 있다. 그러나 살다 보면 이러한 까다로운 성격이 도움이 되기도 한다. 금성이 갖고 있는 약간의 사치성과 처녀자리의 신중한 성격이 결합되어 있으므로, 이 사람은 훌륭한 요리사가 될 수 있다. 또한 유희와 처녀자리의 완벽주의가 결합되어 훌륭하면서도 항상 겸손해하는 주방장이나 접대부가 될 수 있다. 처녀자리는 항상 실용적인 방식으로 애정을 보인다. 여러 가지 사회 활동이나 낭만적인 관심사는 주로 일이나 건강에 관련된 것이다. 이들은 또한 예술 관련 일이나 대안적인 것을 추구한다. 금성/처녀자리 사람들의 작업 환경은 조화를 이루고 아름다워야 한다. 그렇지 않으면 이들은 안절부절못하는 생활을 하게 된다. 이들은 옷에 대한 취향도 훌륭하므로, 금성/처녀자리 중에는 패션 디자이너가 많다.

점괘로 이 카드가 나왔다면, 목적 달성을 위해 모든 재량권을 발휘하여 굉장히 선별적인 태도를 보이려는 욕구를 의미한다.

사태

* 절친한 우정이 더 발전될 것이다.
* 완전히 변형되거나 개조될 것이다.
* 직장 사람과 연애할 것이다.

7
망설임

천칭자리의 금성

금 성 – 사랑
천칭자리 – 정의감과
미적 감각

이미지 : 천칭자리는 부드러운 완벽성을 추구하는 처녀자리와 극적인 감정을 지닌 전갈자리 사이에 있다. 처녀자리는 전갈의 독침과는 대조적이다. 모래시계는 결정을 내리기 위한 천칭자리의 영원한 딜레마를 상징한다.

개인적인 측면

금성은 천칭자리와 황소자리를 지배한다. 황소자리가 물질적 소유의 즐거움과 관련이 있는 반면, 천칭자리는 사람들을 좌우선석으로 중요시한다. 천칭사리 사람들은 모두 인간관계를 조화롭고 평형을 유지하기 위해 열심히 노력한다. 이들은 사교적이고 인기가 많기 때문에 팀워크와 파트너십 형태로 일을 가장 잘 해낸다. 이런 성격을 가진 사람들에게는 환경도 중요하다. 이들은 제한적인 예산으로도 가정환경을 멋지고 유쾌하게 만들 수 있다. 화합에 대한 애정이 극단적으로 작용하면, 평화를 유지하기 위해 늘 져주는 태도를 취하게 되고, 인간 관계의 여러 대안 중에서 어떤 결정을 내릴 지에 대해서 망설이게 된다. 다행히 이들은 행복한 결혼 생활을 한다. 결혼 배우자는 친구 같기도 하고 애인 같기도 한 사람이다. 금성/천칭자리 사람들은 사교성이 좋아서, 사람을 다루는 일에 능숙하다. 따라서, 이들은 연락 업무나 인사(人事) 업무에 유리하다. 또한 이들은 음악 세계나 음악인들과 강한 유대를 맺고 있다.

점괘로 이 카드가 나왔다면, 반드시 결정을 내려야만 하는 시점에 있다는 의미이다. 중요한 문제에 대해 지금까지 이렇게 할까 저렇게 할까 많이 망설여 왔지만, 이제는 확고하게 결정을 내려 결과를 기다려야 할 때이다.

사태

* 결혼식 등과 같이 큰 사교적인 모임이 생길 것이다.
* 결정을 내리기가 힘들 것이다.
* 예술, 예술인들과 사업 제휴를 하게 된다.

8
비밀

전갈자리의 금성

금 성 – 사랑
전 갈 자 리 – 자제력, 회복

이미지 : 희한한 모습의 스핑크스이다. 날개가 달려있고, 양자리와 관련된 화성인을 나타내는 양의 머리를 갖고 있다. 이 스핑크스는 과거의 깊은 비밀을 상징한다. 그 주변에는 여러 가지 신비를 풀 수 있는 매듭과 문양과 열쇠가 있다.

개인적인 측면

금성/전갈자리는 사랑의 온상지이다. 금성이 본래의 별자리와 정반대인 전갈자리에 위치해있다. 따라서, 금성의 부드러운 성질이 정서적인 불덩어리가 되는 형상이다. 연애 생활에 있어서는 열정적이고 성실하며 성적(性的) 욕구가 굉장히 강하다. 이들의 반응은 매우 감정적이고, 욕구는 강렬하다. 은밀한 면도 있기 때문에, 자신의 내면에 대해서 쉽게 말하지 않는다. 이 카드가 설명하고 있는 사람은 이상적인 친구나 연인을 원하며, 그들을 위해서라면 두 번 생각할 것도 없이 자신을 희생한다. 그러나 한번 실망하게 되면 냉정하게 무관심해지며, 극단적인 경우에는 복수심도 생긴다. 이들의 예술적인 측면은 내적 신비나 비학(秘學) 등에 대한 관심으로 표출된다. 이 카드는 결혼이나 파트너십을 통해 재정적인 이익을 얻거나 상속을 받게 될 수 있다는 의미도 있다. 금성이 전갈자리에 위치하면 매우 관능적이거나 섹스를 지나치게 강조하는 성격이 되기도 한다. 이들은 성적(性的) 욕구가 강하다. 이런 욕구는 창의적인 일에 최선을 다함으로써 밖으로 발산할 수 있다. 이 카드는 장기간, 특히 독신 기간 동안 정서적인 반응을 내적으로 숨긴다는 의미이기도 하다.

점괘로 이 카드가 나왔다면, 질문자가 깊고 은밀한 비밀을 갖고 있거나, 매우 가까운 사람이 비밀을 지켜주고 있다는 암시이다.

사태

* 은밀히 연락하거나, 은밀한 연인이 생기거나, 정열적인 연애를 하게 된다.
* 파트너에게 재물이 생긴다.
* 상속받은 것을 나누어 가지게 된다.
* 극도로 심한 질투를 표현하게 된다.

9

바람기

궁수자리의 금성

금 성 – 사랑
궁 수 자리 – 낙천주의, 모험

이미지 : 떠돌아다니는 음유시인이 여성 사냥꾼에게 세레나데를 불러주고 있다. 류트는 쾌락을 좋아하는 금성을 상징하고, 활은 멀리 모험을 추구하는 궁수자리를 상징한다.

개인적인 측면

금성/궁수자리 사람은 철학적이고 아름다우며, 인간관계에서는 정직하고 진실적이다. 앞서 설명한 금성/전갈자리가 은밀하고 내면적이라면(74 페이지 참조), 궁수자리는 사랑에 있어서 개방적이고 자유롭게 말하는 스타일이다. 금성/궁수자리는 모든 생각을 연인과 공유한다. 그러나 때로는 너무 솔직한 것이 탈이 되기도 한다. 자신들이 여기는 그대로 솔직하게 말하는데, 너무 심하게 솔직해지지 않도록 늘 주의해야 한다. 이들은 인간관계에서 충실하지만 많은 자유를 필요로 하고, 상대에게도 그렇게 하도록 한다. 자신들이 생각하는 그대로를 솔직하게 말하다보니, 바람기 많은 대화가 오가고, 이로 인해 모험적인 사랑이 발생하기도 한다. 이 카드는 외국인과의 친밀한 관계도 암시한다. 이들은 박식하거나 현명한 사람들에게 끌린다. 사랑에 있어서 이들의 이상은 매우 높고, 사랑하는 것이나 연인을 개인 철학으로 바꾸는데 시간을 보낼 것이다. 광범위하게 보면, 종교 사상이나 종교적 행위가 두드러지게 나타날 것이다.

점괘로 이 카드가 나왔다면, 외국인과 결혼을 하거나 친밀한 관계를 맺을 가능성이 있다. 종종 대학이나 다른 학습 기관을 통해서 만남이 이루어진다. 여성이 이 카드를 뽑았다면, 로맨틱한 인디애나 존스 같은 영웅적이고 모험심이 강한 파트너를 원한다는 의미이다.

사태

* 외국인 애인이 생긴다.
* 휴일에 마음껏 연애를 즐기게 된다.
* 외국에서 결혼하게 된다.
* 단지 모험을 즐기기 위해 가볍게 바람을 필 것이다.

10
관습

염소 자리의 금 성

금 성 – 사랑
염소 자리 – 의무 , 끈 기

이미지 : 깔끔하고 잘 정돈된 전통 가옥이 오래된 정원 위에 우뚝 서있다. 담 중앙에는 아이 얼굴 액자가 있는데, 이는 가족의 규제를 의미한다.

개인적인 측면

상식과 관련된 염소자리에 금성이 위치하면 야망을 성취하고 공유할 수 있는 낭만적인 파트너를 원하는 사람에 관한 것이다. 이들은 감정을 드러내는 것을 싫어하므로, 행동이 꽤 보수적이다. 그렇지만 염소자리 사람들은 유머 감각이 뛰어나서 활발하고 즐거운 인간관계를 맺는다. 종종 금성/염소자리의 주요 인간관계를 살펴보면, 나이대가 다양하다. 이들은 충실하고 단호하지만, 경제적으로 안정이 되어야 정서적으로도 행복해질 수 있다. 당좌대월(當座貸越)을 좋아하는데, 이것은 염소자리의 행복에 도움이 되지 않는다. 파트너가 아무 생각 없이 사치한다거나 돈을 어리석게 사용한다면, 서로의 관계가 힘들어질 것이다. 항상 강한 사교성과 예술적 야망이 있다. 재능있고 성공적인 사람들을 알고 싶어 하며, 또 그들에게 자신을 알리고 싶어한다. 이들의 예술 세계 기반은 자신들의 재능 또는 타인의 창의적인 능력을 이용하는 것과 관련이 있다. 예술 취향은 관습적인 것이므로, 주로 클래식 음악과 전통 미술을 좋아한다. 염소자리 유형은 이성과의 사업 거래에 탁월한 감각이 있고, 이러한 분야에서의 조화가 자신의 인생 야망에 중요한 요소가 된다.

점괘로 이 카드가 나왔다면, 나이 차이가 매우 많이 나는 사람과 낭만적인 관계를 맺게된다는 것을 나타낸다.

사태

* 나이 차가 많이 나는 사람과 연애하거나 결혼한다.
* 유명하거나 중요한 인물과 인간관계를 형성한다.
* 영향력을 지닌 새로운 친구를 사귀게 된다.

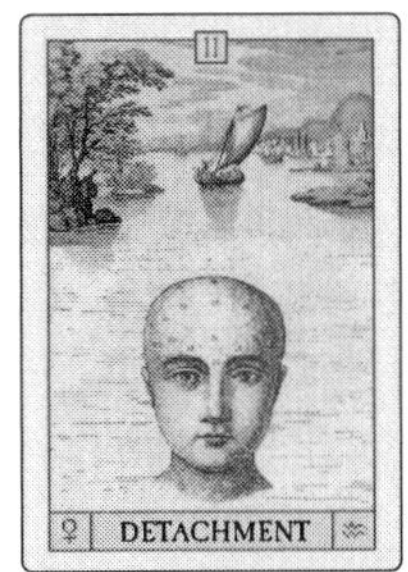

11

초 연 (超然)

물 병자리의 금 성

금 성 – 사랑
물 병자리 – 원칙, 인류 애

이미지 : 지적(知的)인 사람이 초연한 모습으로 앞을 바라보고 있다. 머리는 지적 영역을 나타내는 골상학(骨相學) 지도로 표시되어 있다. 그는 생각에 잠겨있어, 뒤에 펼쳐 져 있는 이상적인 장면을 인식하지 못하고 있다. 바다는 정서를 상징한다.

개인적인 측면

기본적으로 금성/물병자리 사람들은 모든 사람들과 친해지고 싶어 한다. 그렇지만 너무 가까워지려고 하지는 않는다. 이들은 가장 안정된 파트너는 아니지만, 어느 정도 자유를 가실 수 있는 사교적이고 자극이 될 만한 인간관계를 다소 비전통적인 방식으로 형성하게 되면, 그 관계를 충실히 따른다. 이들에게는 많은 지적(知的) 자극이 중요하다. 이들은 질투심이나 심한 소유욕을 싫어하고, 자신의 사교적 자유를 침해하는 파트너에 대해서는 금방 진절머리 낸다. 이들은 혁신적이고 특이한 것에 취향이 강하다. 성적(性的)인 면에서는 다소 희한하고 난잡한 경우가 있다. 금성/물병자리 사람들의 지인(知人), 친구, 연인 중에는 창의적이고 예술적인 사람들이 많다. 장기적인 동반 관계에서 보자면, 이들은 한동안 친구로 지낸 사람과 결혼하는 경향이 많다. 친구가 연인이 되고, 연인이 친구가 되는 것은 이들의 비 관습적인 사교 태도에 적합하다. 이런 면을 지닌 사람들은 단체 활동, 특히 이상이나 전위 예술 철학과 관련된 단체에서 성공한다. 이들은 암자나 작은 지역사회 마을에서 평화롭게 살 수 있다.

점괘로 이 카드가 나왔다면, 자신이 맺고 있는 관계에 대해서 초연한 감정을 갖고 있다는 의미이다. 부정적인 면은 연락할 방법이나 수단이 없다는 것이다.

사태

* 친구와 갑작스럽게 연애에 빠지게 된다.
* 자유로운 관계를 맺게 된다.
* 부부가 별거하게 된다.
* 연인 간에 의견이 일치하게 된다.

12

굴 복

———

물 고 기자리의 금 성

금 성 – 사랑
물 고 기자리 – 이해, 공 감,
동 정, 희생

이미지 : 장식 커튼이 달려있는 창문에 있는 예쁜 새장 안에 새가 갇혀있다. 바깥 하늘에 보이는 태양은 금성을 나타내는 기호이다. 새장 문이 열려있어도, 새가 밖으로 나가지 않는다.

개인적인 측면

금성/물고기자리 유형은 감수성이 매우 예민하고 굉장히 낭만적이다. 이들은 친구와 연인에 대한 자신들만의 현실을 만들어 낸다. 금성/물고기자리 사람들은 애정을 지나치게 물리적으로 표현하려고 하기 때문에, 이들은 불성실한 태도에 잘 속는다. 이들은 예술적인 재능도 있다. 이러한 예술적인 능력은 감수성을 불러일으키고 감상할 수 있는 환경 속에서 피어난다. 고차원적인 것과 관련된 물고기자리의 훌륭한 재능은 미술 작품, 음악 작품, 시 등으로 나타난다. 이러한 재능을 이용함으로써 남들이 잘 모르는 것에 접근하여 성공할 수 있고, 시대정신을 표현할 수 있다. 이들은 감수성이 매우 예민하고 상상력이 풍부할 정도로 낭만적이며, 자신의 연인을 이상적이라고 여긴다. 이들은 환상을 가지거나, 당연히 언젠가는 몰래 바람을 피울 것이다. 금성/물고기자리 사람들은 타인에게 친절하게 대해주고 동정심을 가지며, 누구에게 무엇을 베풀지 늘 생각한다. 이러한 성격을 가진 사람들은 정서적으로 매우 고통을 받기 쉬우므로, 측은지심(惻隱之心)을 극도로 자제해야 한다.

점괘로 이 카드가 나왔다면, 수줍어서 사람을 잘 사귀지 못하여 따돌림을 받고 좌절할 수 있다는 것을 암시한다. 이로 인해 고통스러운 감정을 갖게 될 것이고, 이는 다시 종교적 또는 영적(靈的) 표현으로 승화될 것이다. 그러나 몇몇 사람들에게는 이 카드가 고독과 평온을 진정으로 사랑한다는 의미로 해석되기도 한다.

사태

* 사랑의 덫에 갇힌 감정을 갖게 된다.
* 평온한 삶에 굴복하게 된다.
* 어색한 상황 속에 머무르게 된다.

화성

행동의 패

성 카드는 12궁도를 따라서 움직이는 화성을 상징한다. 화성과 별자리의 결합을 통해, 현 상황에서 언제 어떻게 행동을 취해야 하는 지를 알 수 있다. 화성은 주장과 충동의 행성이다. 화성은 어떠한 동기와 충동에 의해서 행동하는 지에 대해서 알려준다. 또한 우리가 계획하는 방식과 각 과업을 수행하는 방식에 대해서도 알려준다. 점괘를 볼 때, 다른 행성의 성향에 대한 정보도 제공한다. 화성과 별자리의 결합으로 나타나는 에너지가 주로 육체적인지(양자리, 사자자리, 궁수자리), 물질적인지(황소자리, 처녀자리, 염소자리), 정신적인지(쌍둥이자리, 천칭자리, 물병자리), 아니면 정서적인지(게자리, 전갈자리, 물고기자리)를 알 수 있다.

외과 의사, 목수, 기계공, 군대 인사(人事) 담당, 화학자, 정육점 주인, 도살업자, 농부

화요일, 강철, 쇠, 칼, 무기, 붉은 털, 정맥, 전쟁, 전투, 금속 물체, 기계류, 전동기, 맹금(猛禽), 개, 불, 벽난로

1

충 동

———

양자리의 화성

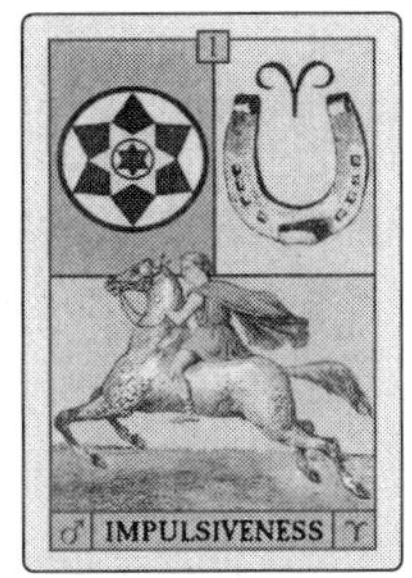

화성 – 행동
양자리 – 자기 의지

이미지 : 야성적인 사람이 경주하듯이 말을 타고 질주한다. 왼쪽에 있는 문양은 창조의 6단계를 상징하는 것으로서, 모든 것을 보호하는 역할을 한다. 말의 편자는 행운을 상징하는데, 활처럼 굽은 모양이 초승달과 비슷하다.

개인적인 측면

화성은 양자리를 지배하는 행성이다. 여기에서도 본래의 자리인 불의 원소에 위치하고 있다. 화성/양자리는 모든 행동에서 활력이 넘치고 충동적인 사람들이다. 이들은 뭔가를 해내고 싶은 욕구를 갖고 있기 때문에, 늘 새로운 계획을 세운다. 생각보다 행동이 앞서면 나쁜 결과가 초래되지만, 화성인들은 곧 털고 일어나 항상 세력을 널리 떨쳐 나간다. 이 카드가 설명하는 사람의 성격은 다소 경쟁적이고 주도적인 역할을 하려는 욕구를 보인다. 기본적으로 이들은 외향적이고 단체 행동에 앞장서는 것을 편하게 여긴다. 화성인들은 타고난 지도자이기 때문에, 긍정적인 행동이 필요한 상황에서 지도자 역할을 한다. 화성/양자리 사람들은 자신의 능력에 대단한 자부심을 갖고 있으며, 남들보다 일을 더 많이 하고 더 빨리 해야 직성이 풀리는 성격이다. 그러나 이들의 선천적인 호전성이 극단으로 치달으면, 자기 방식대로 일을 처리하기 위해 남을 함부로 대할 수 있다. 화성/양자리 사람들이 자제력을 가지면, 일을 훨씬 더 효율적으로 해 낼 수 있다. 이러한 잠재력을 경험을 통해 깨달을 수 있으면, 가장 긍정적인 성격이 될 수 있다.

점괘로 이 카드가 나왔다면, 질문자가 행복해지기 위해서는 육체적 · 경쟁적 행위가 필요하다는 의미이다.

사태

* 용기가 필요한 도전과제를 직면하게 되어, 갑작스러운 상황에서 충동적으로 행동하고 미지의 것과 씨름하면서 자신의 능력을 입증하게 된다.
* 새로운 모험을 하기 위해 열정을 가지고서 타인을 통솔하게 된다.

2
방 어

황소 자리의 화성

화성 – 행동
황소 자리 – 물질적 가치

이미지 : 세 명의 기마병들이 공격에 대한 방어 자세를 취하고 있다. 동전에 그려진 황소인의 모습은 긍정적인 행동과 물질적인 소유를 연결시키고 있다. 일정한 패턴으로 놓여진 여섯 개의 검(劍)은 사용하기 위한 것이 아니라 강한 인상을 주기 위한 것이다.

개인적인 측면

화성/황소자리의 에너지는 대부분 물질적인 것을 습득하는 것과 관련이 있다. 이 카드는 살면서 자신에게 중요하다고 여기는 것을 얻기 위해 싸우고, 그것을 방어하려는 실용적이고 결단력 있는 사람에 관해서 말하고 있다. 화성/황소자리 사람들은 시간적인 여유를 갖고서 선택을 하지만, 일단 선택하고 나면 절대로 변경하는 일이 없다. 그 누구도 화성/황소자리 사람들의 물건을 탐낼 수 없다. 화성/황소자리 사람들은 오직 신용이 두터운 사람에게만 뭔가를 준다. 비록 물질적인 면을 갖고 있지만, 이들은 워낙 치료 불능의 낭만주의자라서 늘 즐거운 인생을 살아간다. 이들은 에너지를 낭비하지 않고, 능숙한 방법과 기법이 난폭한 힘보다 더 낫다는 것을 알고 있다. 이들은 가장 평범한 것에서 잠재력을 파악하여 그것에 꾸준히 자극을 불어넣어 가치 있는 것으로 변형시킨다. 화성/황소자리 사람들은 자영업을 하면 성공할 가능성이 매우 높다. 왜냐하면, 자신의 재정에 완전히 책임질 수 있을 때, 경쟁심이 유발되어 최선을 다하기 때문이다. 단점은 냉혹하고 금전적인 태도로 인생을 살기 때문에, 모든 행동이 금전적인 결과에 의해서 좌우될 수 있다는 것이다.

점괘로 이 카드가 나왔다면, 질문자가 귀중하게 여기는 것을 보호해야 한다는 의미이다.

사태

* 새로운 사업을 시작하게 된다.
* 주식을 하게 된다.
* 이익이 될 만한 사업 거래를 재빨리 하게 된다.
* 경쟁자를 이기게 된다.
* 가지고 있는 소유물의 가치가 높아지게 된다.

3
결 정

쌍둥이자리의 화성

화성 – 행동
쌍둥이자리 – 정신적 인식

이미지 : 체스 판은 화성의 경쟁심과 공격적인 태세를 상징한다. 날개 달린 바퀴는 태양신, 공중에서의 움직임, 또는 고차원적인 정신 활동을 상징한다. 출입문은 미지의 영역에 도전하는 것이다.

개인적인 측면

화성/쌍둥이자리의 행동은 대부분 정신적인 작업과 관련이 있는데, 종종 손재주와도 관련이 있다. 화성과 쌍둥이자리는 전통적인 점성술에서 빨리 움직이는 요소이다. 화성과 쌍둥이자리는 어떠한 일이 발생할 때까지 기다리지 않고 빨리 행동을 취하려는 성격이다. 화성/쌍둥이자리 사람들은 논쟁이나 토의를 잘하고, 재빨리 말을 잘 받아친다. 날카롭고 공격적인 발언에 대해서는 언변으로 매우 통렬하게 비난한다. 사실 이들은 주로 말로 싸운다. 이들은 활동에서 창의성과 천재성을 보이는데, 이는 한 번에 여러 가지 일을 하는 것과 관련이 있다. 화성이 쌍둥이자리에 위치하면, 정신적인 일뿐만 아니라 수작업에서도 굉장한 재능을 보인다. 화성이 한 번에 여러 일을 할 수 있는 쌍둥이자리와 결합되어 있기 때문에, 정신적인 기술에 훌륭하고 육체적이며 능숙능란한 재능까지 겸비할 수 있다. 이들은 정보나 항물간 소문 등을 활발하게 수집하기 때문에, 원하는 모든 사람에게 정보를 제공해 줄 수 있다. 자신이 답을 모른다고 할지라도, 그 답을 알고 있는 사람을 알고 있다. 이들이 전문 기자가 아니라 하더라도, 훌륭한 아마추어 기자는 될 수 있다.

점괘로 이 카드가 나왔다면, 빨리 결정을 내려야 한다는 의미이다. 그러나 결정을 내리는 속도가 가장 중요한 요소가 아니라는 것을 명심해야 한다.

사태

* 열띤 논쟁을 하게 된다.
* 남에게 반대 심문을 하게 된다.
* 계약과 관련하여 싸움을 하게 된다.
* 유감을 나타내는 편지가 오가게 된다.

4

말다툼

게자리의 화성

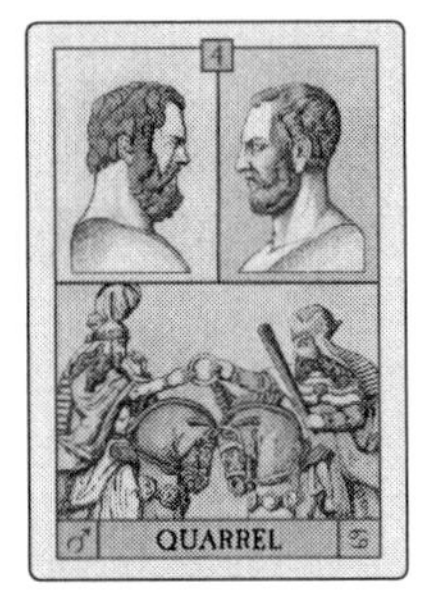

화성 – 행동
게자리 – 양육 애정

이미지 : 두 명의 기마병들이 약혼을 상징하는 금반지를 두고 다투고 있다. 이 그림은 관계나 상속으로 인해 가족이 결합하거나 깨지는 것을 나타낸다. 서로 노려보고 있는 두 흉상(胸像)은 예전에 이런 일이 있었다는 것을 보여준다.

개인적인 측면

화성/게자리는 에너지를 확산하는 것과 가정이나 가정 유형의 사업에서 적극적으로 활동하는 것을 좋아한다. 그러나 화성인들은 보스 기질이 강해서 주도권을 잡고서 일을 행하려고 한다. 가정에서 이러하다면 정서적인 고통이 심해지고 논쟁이 발생하게 된다. 게자리는 부드러운 면이 있기 때문에, 공격적이고 강압적인 화성이 편하게 있을 수 없다. 따라서, 이 카드는 가정의 불안정을 상징한다. 화성은 즉각적으로 행동을 취하기 때문에, 가정생활에서는 심한 말다툼이 많이 발생한다. 화성/게자리 사람들은 자기 방식대로 일을 하기 때문에, 가정 문제가 굉장히 심각해진다. 이들은 협상하는 상황에서는 보스가 되고 싶어 하면서도, 사랑 받기를 원한다. 화성/게자리 사람들은 감정을 억누르지 않고 마음껏 표현하는 것이 가장 좋다. 왜냐하면, 마음속으로 걱정만 하다보면 속이 뒤집힐 것이기 때문이다. 이 카드가 설명하는 사람에게는 토지가 중요하다. 아마, 자신만의 토지보다 더 많은 토지를 의미한다. 화성/게자리 사람들은 늘 가정을 개선하도록 노력하고 겸손한 태도로 자영업을 한다면, 말다툼보다는 더 좋은 쪽으로 에너지를 발산할 수 있을 것이다. 그리고 부동산 거래 운도 아주 약간 있다.

점괘로 이 카드가 나왔다면, 모든 상황이 가정에 좋지 않다는 의미이다.

사태

* 가정에서 말다툼이 끊이지 않는다.
* 가정불화가 지속된다.
* 상속에 대해 다투게 된다.
* 이혼을 하게 된다.
* 구속 관련 문제가 발생하게 된다.

5

자기중심주의

사자자리의 화성

화성 – 행동
사자자리 – 창의적인
자기 표 현

이미지 : 반은 수평아리이고 반은 사람인 이상한 새가 왕관을 쓴 채로 꼿꼿이 서 있다. 위에 그려진 사자자리를 상징하는 태양과
9) '스카라베' 는 수평아리의 멋진 모습을 한층 높여준다.

개인적인 측면

  화성과 사자자리는 모두 불의 성질을 지니고 있으므로, 화성/사자자리 사람들은 에너지를 광범위하고 창의적인 방식으로 사용할 때, 그 진가를 발휘할 수 있다. 이들은 큰 규모의 일을 선호한다. 특히, 관객이 많은 것을 좋아한다. 또한, 리더가 되어 주도적으로 일하려는 경향성이 매우 크다. 이렇게 역동적인 행성과 별자리가 결합되어 있기 때문에, 이성간에 서로 강한 매력을 느낀다. 성적(性的) 욕구가 강하기 때문에, 이를 자제하려면 여러 가지 활동이나 감상을 많이 해야 한다. 이런 욕구와 열정은 창의적인 재능으로 표현될 수 있고 가치있게 개발될 수 있다. 경쟁적인 스포츠나 게임을 매우 좋아하고, 즐겁거나 창의적인 방식으로 아이들과 함께 할 수 있는 일에 재능이 많다. 사자자리는 기업 능력을 갖고 있기 때문에, 화성과 사자자리의 결합은 스포츠 선수를 코치하는 데에 탁월한 재능을 발산한다. 그러나 존중과 존경을 받으려는 욕구가 강하기에, 우쭐대거나 자기가 최고라는 식의 행동을 보일 수 있다. 부정적으로 작용하면, 타인에게 권위주의적이고 독재적인 인상을 주게 된다.

  점괘로 이 카드가 나왔다면, 질문자가 자신의 현재 모습과 태도를 잘 살펴보아야 한다는 의미이다. 또한 우쭐대는 모습을 줄이고 타인에게 존경을 받을 수 있도록 더욱 더 노력해야한다는 의미이기도 하다.

사태

* 공연을 하게 하거나 매우 창의적인 일을 하게 된다.
* 자신이 리더가 되려고 하고, 남을 괴롭히게 된다.

---

9) 이집트 왕국의 풍뎅이 등과 같은 갑충(甲蟲) 모양으로 조각한 보석으로서, 그 바닥 평면에 기호를 새겨서 부적이나 장식품으로 사용했던 물건. '스카라베 돌' 이라고도 한다.

6
비 판

처녀자리의 화성

화성 – 행동
처녀자리 – 완벽과 봉 사

이미지 : 파란색 눈의 시선은 간소한 바구니에 정렬된 꽃에 고정되어있다. 위 부분에 있는 손가락은, 밀로 만든 머리 끈을 묶은 여인의 목걸이를 비난하듯이 가리키고 있다.

개인적인 측면

화성/처녀자리는 정교한 작업과 수공예에 능숙하다. 이들은 의료, 특히 정교함과 정확성을 요하는 외과 수술에 흥미를 느낀다. 또한 기계와 전동기 관련 일에도 능숙하다. 만약 이들의 직업이 정교함과 섬세함을 발휘할 수 없는 것이라면, 여가 활동에서 그러한 능력을 발휘하여 만족을 얻을 수 있다. 화성은 주로 과도한 에너지를 제공하지만, 처녀자리는 신중히 계획하여 에너지를 낭비하지 않는다. 따라서, 화성이 처녀자리에 위치하면 에너지를 낭비하는 일이 결코 없다. 이 카드는 성공의 조짐이고, 심지어는 잘 운영되는 조직에서 능력을 발휘한다는 의미이기도 하다. 특히 보건, 의료, 보완대체의학, 식습관 조절 등에 대한 분석과 연구가 중요한 분야에서 두각을 보인다. 화성/처녀자리 사람들은 완벽주의자 성향이 있고, 스스로 불가능한 기준을 설정한다. 심한 경우에는 자신이 초래한 압박감을 견디지 못한다. 이 카드는 종종 타인에 대해 극도로 비판적인 태도를 취하게 된다는 의미이다. 화성/처녀자리 사람들 자신의 실패를 보상하려고 남의 잘못만 물고 늘어지는 것이다.

점괘로 이 카드가 나왔다면, 질문자가 타인에게 답을 제시해 줄 때에는 좀 더 비판적인 태도를 취하라는 의미이거나, 질문자 자신이 손해를 본 원인이 무엇인지에 대해 매우 비판적인 태도를 지녀야 한다는 의미이다.

사태

* 협력 연구를 하게 된다.
* 큰 조직에서 책임감을 맡게 된다.
* 중요한 사람을 개인적으로 돕게 된다.

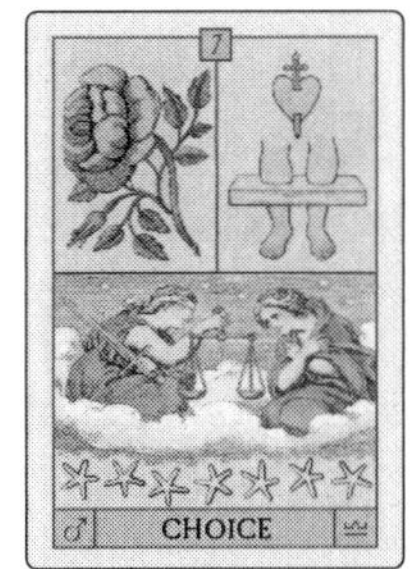

7
선 택

———

천칭자리의 화성

화성 – 행동
천칭자리 – 정의감과
미적 감각

이미지 : 두 여인이 있다. 눈을 가린 여인은 정의의 여신으로서, 저울을 들고 있다. 다른 여인은 저울대를 보고 있다. 장미는 날카로운 가시와 꽃의 아름다움을 비교하고 있다. 다리는 어려운 순간을 암시한다.

개인적인 측면

천칭자리는 화성의 원래 별자리인 양자리(81 페이지 참조)와는 정반대이다. 따라서, 화성/천칭자리는 항상 강한 기분 변화를 동반한다. 이들은 협력적인 일에 에너지를 쏟아 붓는다. 또한 활력이 넘치는 사람들과 함께 있는 것을 좋아하고, 그룹 프로젝트에 열정적으로 참여한다. 이들은 규칙을 준수하므로 남들도 그래야 한다고 여긴다. 화성의 경쟁심과 천칭자리의 절충 능력이 결합되어 있기 때문에, 이들은 아마 심적 압박감을 해소하기 위해 건전한 논쟁을 즐길 것이다. 협력을 좋아하기는 하지만 경쟁 수준에서 무의식적으로 스스로를 보스로 인식한다. 사실, 이들은 연습 상대를 직접 선택한다. 선택된 사람이 규칙을 알고 있으면 일이 순조롭게 진행되지만, 그렇지 않다면 매우 힘들고 거친 상황이 발생할 것이다. 균형이 깨져서 한쪽이 기울면, 전체가 심하게 요동치기 마련이다. 이와 마찬가지로, 화성/천칭자리 사람들은 자신이 하는 모든 일에 균형을 잃게 되면, 허우적거릴 것이다. 타인과 관련된 일에 충동적으로 행동하기 때문에, 몇 가지 큰 실수를 하는 것을 감수해야만 한다. 천칭자리에 붉은 화성이 있어, 절충 능력과 요령을 발휘하기가 다소 어렵겠지만, 결국에는 성공적으로 잘해낼 수 있다.

점괘로 이 카드가 나왔다면, 어려운 결정을 내려야 한다는 의미이다.

사태

* 신중하게 방향을 변경하게 된다.
* 사업을 합병하게 된다.
* 두 명의 파트너 중에서 선택하게 된다.
* 선택할 수 있는 다양한 사업이 생긴다.

8
복 수

전갈자리의 화성

화성 – 행동
전갈자리 – 자제력, 회복

이미지 : 영웅이 적의 머리를 들고 있다. 그의 나체는 취약성을 보여주는 것이며, 투구와 검(劍)은 전사로서의 지위를 나타낸다. 날개 달린 인물은 영웅의 행동을 기리는 횃불을 가져오고 있다. 위 부분에 두 연인, 즉 태양과 달이 서로 껴안고 있다.

개인적인 측면

화성은 전갈자리를 지배하는 행성이다. 따라서, 화성/전갈자리 사람들은 자신의 에너지를 행동으로 쏟아 부을 수 있는 실제 도전 과제를 직면하고자 하는 욕구를 갖고 있다. 일단 무엇인가를 가치 있다고 여기게 되면, 거기에 쏟아 붓는 에너지는 매우 엄청나다. 그러나 이들의 현재 열정은 타인을 압도시키고 괴롭힐 수 있는 위험성을 갖고 있다. 이들의 성격에는 항상 약간 지나친 면이 있다. 즉, 절대로 중립을 지키지 않고, 양극단 중에서 하나를 선택하는 것이다. 끝장을 보자는 것이 이들의 성격이다. 이들은 강한 감정과 욕구로 행동을 하고, 공동 사업에 대해서 매우 진취적이다. 화성/전갈자리 사람들은 거의 불가능한 상황을 변형시킬 수 있는 힘이 있다. 함께 생활할 사람을 선택하면, 그 사람에게 헌신적으로 충실해진다. 그러나 어떤 식으로든 자신을 무시하는 사람은 굉장히 증오한다. 이 경우에는 화를 참지 못하거나 심지어 복수까지 한다.

점괘로 이 카드가 나왔다면, 현재 상황에서 적어도 극단적인 조치를 취할 가능성이 있다는 암시이다. 이러한 잠재력을 잘 통제하여 사용한다면, 긍정적인 결과가 있을 것이다.

사태

* 엄청나게 성취한다.
* 문제를 극복하기 위해 극도로 노력하게 된다.
* 누군가에게 복수하게 된다.
* 받은 상처에 대해 지나치게 반응한다.

9
우세
———
궁수 자리의 화성

화성 - 행동
궁수 자리 - 낙천주의, 모험

이미지 : 견고한 집밖의 들판에서 벌거벗은 젊은 남자가 레슬링을 하고 있다. 한 남자가 다른 남자를 굴복시키고 있다. 위 부분에는 아브라함 예언에 나오는 위대한 종교의 세 가지 상징물이 그려져 있다.

개인적인 측면

화성/궁수자리 사람들은 타인을 개조하여 자신의 신념으로 끌어들이는 데에 에너지를 쏟는다. 이들은 진실을 강하게 옹호하는 사람들이므로, 자신의 사례를 타인에게 접목시킬 때, 좀 퉁명스러운 면이 있다. 이러한 표현력 때문에, 평생 동안 모험적인 활동을 하는 것이 이들에게 도움이 된다. 해외여행을 통해서 개척 정신의 에너지를 한껏 발산할 수 있다. 화성/궁수자리 사람들이 해외에서 시간을 보내거나 외국인과 시간을 보내는 것은 당연한 일이다. 이 카드는 종교 활동에 참여하거나 철학적인 명분을 갖게 된다는 암시이기도 하다. 단점은 모든 사람들을 자신들의 편협하고 제한적인 세계관에다 밀어 넣으려고 하기 때문에, 인기를 얻지 못한다는 것이다. 화성/궁수자리 사람들이 너무 독단적으로 행동하지 않고 '모두 다 받아줄 수 있는' 태도를 가진다면, 모든 일이 순조롭게 잘 될 것이다. 화성/궁수자리의 경쟁 본능은 억제할 수 없으므로, 모든 상황에서 이기려는 욕구가 과도해질 수 있다.

점괘로 이 카드가 나왔다면, 질문 내용에 따라서 질문자가 타인에게 압력을 받고 있거나, 아니면 타인에게 압력을 가하고 있다는 의미이다. 이 카드는 자신이 한 발짝 물러서서 객관적인 태도로 상황의 진실성을 파악해야 한다는 것을 말해주는 것이기도 하다.

사태

* 이상적인 것에 대해 논쟁하게 된다.
* 남을 제압하여 설득시키려고 한다.
* 멀리 여행하게 된다.
* 장기적인 계획에 대해 경솔하게 낙관한다.
* 경쟁적인 경기를 한다.

10
권위

염소 자리의 화성

화성 - 행동
염소 자리 - 의무 , 끈 기

이미지 : 왕이 권위와 힘의 상징물을 들고서 위엄있게 서 있다. 지구본 위에 십자가가 꽂혀있는 것은 전통적으로 세속에 대한 교회의 권위를 상징한다. 이 십자가는 지구본을 십자 모양으로 그었을 때의 변의 길이와 완전히 똑같은데, 이는 물질세계의 힘이 정신세계에 도전하는 것이다.

개인적인 측면

화성/염소자리 사람들은 직업 야망에 대해 굉장히 큰 에너지를 갖고 있고, 인정받으려는 욕구와 지위 획득 욕구가 강하다. 이들의 행위는 항상 신중하면서도 결단력이 있다. 술에 술탄 듯, 물에 물 탄 듯 행동하지 않고, 자신의 에너지를 낭비하지도 않으며, 충동적이지도 결정적인 실수를 하지도 않는다. 이들은 주도권과 뛰어난 집행 능력으로써 합리적으로 일을 성취해 낸다. 화성이 염소자리에 위치하면, 어떤 분야에서든 구성적이고 활력적인 리더십을 발산한다. 이들의 단점은 직업과 야망에 있어서 '무슨 수를 써서라도 권력을 행사하겠다' 는 태도이다. 화성/염소자리 사람들은 이런 상황에서는 자신의 성취 욕구 충동을 충족시키기 위해 타인을 거의 배려하지 않는다. 그러나 이렇게 해서는 목표 성취를 위한 주요 인물로 인정받을 수 없다. 그나마 다행스럽게도 불같은 화성이 염소자리에 위치하여 성질이 누그러지므로, 많은 상식과 자제력이 적용되어 책임감 있는 행위를 할 수 있다.

점괘로 이 카드가 나왔다면, 질문자가 권위를 주장함으로써 상황을 통제할 필요가 있다는 암시이다. 아니면 그 대안으로 권위있는 사람의 도움을 구해야 할 것이다.

사태

* 엄청난 자제력이 필요한 야망적인 욕구가 생길 것이다.
* 신뢰할 수 없는 사람에 대해 권위를 행사할 수 있는 지위가 될 것이다.
* 매우 큰 책임감을 가져야할 외로운 일을 하게 된다.
* 권위있는 사람에게 도움을 구해야 할 것이다.

11

반 항

물 병자리의 화성

화성 – 행동
물 병자리 – 원칙, 인류 애

이미지 : 성벽으로 둘러싸인 요새가 어둡고 음산한 구름 아래에서 튼튼하고 안전하게 위치해 있다. 위 부분에는 젊은 전사가 검(劍)으로 수염을 기른 두 거인의 머리에 맞서고 있다. 이 거인의 머리는 전통과 강한 권위를 상징한다.

개인적인 측면

행동의 자유가 화성/물병자리에게 가장 중요한 요소이다. 이들은 예전의 방식을 맹목적으로 따르는 일이 거의 없고, 다소 혁신적이고 녹특해 보이는 자신만의 방식대로 일을 해나간다. 이들은 새롭고 참신하며 과학적인 것에 기꺼이 에너지를 쏟아 붓고, 기계 장치에 선천적인 재능이 있는데, 이 모든 것은 발명 재능으로 발전할 수 있다. 따라서, 화성/물병자리 사람들은 뭔가를 발명해 낼 수 있다. 이들은 여러 친구와 함께 있는 것을 중요하게 여기며, 강하고 활력이 넘치며 남성적일 뿐만 아니라 자발적인 후원자이기도 하다. 이 카드가 설명하는 사람은 시대에 뒤떨어지거나 부당한 사회적 처사에 대해서 반대의 목소리를 높이고, 인류를 위한 대의명분을 위해서라면 싸울 준비가 되어 있다. 이들의 인생관은 특이하기 때문에, 정착되어있거나 전통적인 것을 고찰하여 그 규칙이나 규제가 여전히 존속할 수 있는 지의 여부를 쉽게 판단할 수 있다. 이들은 비정상적인 것에 대해서 과감하게 견해를 표명하며, 부당하고 불법적이고 비논리적이라고 여겨지는 상황을 뒤집어엎기 위해서라면, 어떤 어려움이 있어도 용기있게 자신의 신념대로 밀고 나간다.

점괘로 이 카드가 나왔다면, 현재의 생각을 머리속으로 넣어 접어두고, 문제를 다른 각도와 다른 측면에서 접근하라는 의미이다. 과감한 발상의 전환이 필요하다.

사태

* 이의 제기를 주도하게 된다.
* 권위에 대한 불만을 표현하게 된다.
* 변화하려는 용기가 생기게 된다.
* 무관심에 대해 화나게 된다.

12

도 피

물 고 기자리의 화성

화성 – 행동
물 고 기자리 – 이해심, 공 감,
동 정, 희생

이미지 : 한 여성이 뒤돌아봐야 할 것이 있지만, 호랑이가 끄는 마차를 타고서 달아나고 있다. 하인들도 그녀와 함께 달아나고 있다. 위 부분에 그려진 인장(印章)에는 소년이 돌고래를 타고 있다. 이는 바다의 힘을 상징한다. 부처는 물질적인 속세로부터의 도피를 암시한다.

개인적인 측면

화성/물고기자리 사람들은 이해심, 동정심, 희생정신이 굉장히 많다. 이들은 이런 이상적인 에너지를 환상적이고 감수성이 풍부한 방식으로 사용한다. 굉장히 많은 힘이 물고기자리의 상상력 발전에 이용되는데, 이것을 타인과 공유할 수 있다면 매우 충만한 인생을 살 수 있을 것이다. 화성/물고기자리 사람들이 상상력을 예술 재능으로 발전시키는데 필수적인 능력을 가진다면, 창의력의 범위가 무한해질 것이다. 이들은 항상 남을 배려하는 방식으로 돕고자 하는 욕구가 매우 강하다. 일을 할 때에도 마찬가지로 남을 지원해주고 돕는 역할을 한다. 또한 종종 이 카드는 남을 배려하는 업무를 다루는 큰 기관에서 일하는 것도 의미한다. 화성/물고기자리는 다소 비밀스러운 성격도 강하므로, 은밀한 사랑을 하거나 음모를 꾸밀 수도 있고, 심지어는 은밀한 적이 있을 수도 있다.

점괘로 이 카드가 나왔다면, 질문자가 복잡하고 불편한 관계나 상황 속에서 자신의 욕구는 아랑곳하지 않고 남을 즐겁게 해주고 싶어 한다는 의미이다. 화성/물고기자리는 싸움을 하려는 면이 거의 없기 때문에, 모든 대안이 실패하게 되면 어떤 수단을 이용해서든 그 상황에서 도피한다.

사태

* 많은 에너지를 사용하여 교묘한 상황에서 벗어날 수 있다.
* 타인에게 도움을 주기 위해 굉장히 노력한다.
* 현 상황을 직시하지 않고 모르는 척 한다.

4

목성

이득의 패

성 카드 패를 통해서, 목성의 확장성과 풍부함과 지혜가 각각의 별자리에서 어떻게 작용하는 지를 알 수 있다. 목성 카드 패는 심도 깊은 진실을 파악하는 방법을 강조하며, 카드에 제시된 암시를 해석함으로써, 질문자가 세계관을 어떻게 발전시키는 지를 알 수 있다. 점괘를 볼 때, 목성의 특징은 고차원적인 이해력의 지평을 확장시키는 것과 관련이 있다. 더 많은 것을 추구함으로써, 우리 자신뿐만 아니라 세계에 대해 더 많이 파악할 수 있다. 따라서, 목성과의 관련성은 무한하다. 목성과 별자리의 결합은 종교, 철학, 윤리 등 인생의 중대한 문제에 관한 견해에 대해 단서를 제공해 줌으로써, 질문자의 고차원적인 사고 수준을 파악할 수 있게 해준다. 목성은 또한 낙천주의, 번영, 성장, 여행, 정신적인 면과 육체적인 면을 지배한다.

목성과 관련된 직업:

카운슬러, 성직자, 판사, 변호사, 은행원, 장관, 출판업자, 갑부

목성과 관련된 사항:

목요일, 양철, 놋쇠, 토파즈, 수정, 종교, 무신론자, 동맥, 간(肝), 머리, 행운, 명성, 가축, 호랑이, 아동, 속임수

사업

양자리의 목성

목 성 – 이득
양자리 – 자기 의지

이미지 : 수상술(手相術) 그림은 천체의 영향을 받은 특징을 보여준다. 수상술에서 목성은 재능을 충분히 사용하면 사업과 야망을 성취할 수 있다는 것을 의미한다. 도토리는 잠재력의 씨앗이다.

개인적인 측면

목성/양자리 사람들은 리더십을 발휘하여 인생을 발전시키고 향상시킬 수 있는 광범위한 욕구를 갖고 있다. 이들은 성격상 긍정적인 행동을 하고 육체적으로 할 수 있는 일을 즐긴다. 목싱/양자리는 '하룻강아지 범 무서운 줄 모르는' 유형이다. 그러나 이들은 이런 모든 긍정적인 노력을 통해 행복해질 수 있다. 이들은 꽝장히 충동적이지만, 이익을 가져다주는 목성과 관련이 있기 때문에, 좀 더 많은 행운을 누릴 수 있다. 낙천적이고 자신감이 있기 때문에, 남에게 믿을 만한 사람이라는 인상을 줄 수 있어 인기가 많다. 이들은 남에게 자신감을 불어넣어 줄 수 있는 자질도 갖고 있다. 이 카드가 설명하는 사람들의 낙천주의는 어려웠던 옛날 시절이 낙천적인 열정의 기반이 되었다는 믿음에서 비롯되었다. 물론 그 믿음은 사실이다. 이런 유형은 주로 배우, 정치인, 종교 지도자, 철학자들에게 나타난다. 목성의 낙천성은 양자리에게 하는 일 마다 성공적인 결과를 가져다준다는 믿음을 제공한다. 종종 목성/양자리는 실제로 성공적인 결과를 낳을 수 있다.

점괘로 이 카드가 나왔다면, 질문과 관련된 사업이 성공할 수 있다는 암시이다. 이 카드에 따르면, 만족스러운 결과를 얻으려면 용기와 기업 정신이 필요하다는 것이다.

사태

* 사업을 시작하게 된다.
* 외국 조직에서 일하게 된다.
* 개성을 이용하여 자신의 지위를 향상시키게 된다.
* 장기적인 성공을 위한 아이디어를 실행시킨다.

2
지 위

황소 자리의 목 성

목 성 – 이득
황소 자리 – 물 질적 가치

이미지 : 위엄이 있어 보이는 부부가 마치 초상화처럼 자세를 취하고 있다. 이들 위에는 왕관이 떠있다. 사자 머리를 한 두 마리의 용은 힘과 위엄을 상징한다. 아래 부분의 정교한 무늬는 부유함을 상징한다.

개인적인 측면

목성/황소자리는 인생을 향상시킬 때에 돈과 물질에서 많은 이익을 얻을 수 있다. 이들은 물질적인 요소가 가져다주는 에너지를 알고 있으며, 그 요소를 자신뿐만 아니라 타인에게도 확장시킨다. 그러나 물질적인 것에 대한 애정이 지나치면 건강에 문제가 발생할 수도 있다. 목성/황소자리 사람들은 돈을 벌 수 있는 능력이 뛰어나지만, 가끔 목성의 충동성으로 인해 자신의 행운을 사치나 과소비로 날려버릴 수도 있다. 이들은 타인의 사치스러운 욕구에 부합하는 사업을 함으로써 돈을 벌 수 있다. 목성/황소자리 사람들은 예술적인 취향을 갖고 있고, 투자 대상으로서의 예술품이 갖고 있는 가치를 잘 판단한다. 사실, 목성/황소자리 사람들은 예술적이고 아름다우며 사치스러운 것을 판매할 수 있는 시장을 잘 파악한다. 그러한 분야에 재능이 있기 때문에 돈을 많이 벌 수 있다. 단점은 물질적인 성취를 강조하기 때문에, 남들이 자신을 물질적인 것만 보고 판단할 수 있는 위험성이 있다는 것이다. 쉽게 그리고 능숙하게 얻을 만큼 베풀어야 균형을 유지할 수 있다.

점괘로 이 카드가 나왔다면, 과연 이 순간에 물질적인 이득이 진정으로 가장 중요한지를 신중하게 생각해야 한다는 의미이다.

사태

* 아름다운 것으로부터 즐거움을 얻게 된다.
* 사치스러운 취향을 가지고 있다.
* 예술을 널리 사랑한다.
* 강한 친구와 교제하기 위해 돈을 사용하게 된다.

3

속 임수 , 허세

쌍둥 이자리의 목 성

목 성 – 이득
쌍둥 이자리 – 정신적 인식

이미지 : 미노스의 여신이 나비 두 마리를 쥐고 있다. 나비가 아니면 도끼일 수도 있다. 손은 각각 손바닥과 손등을 보이고 있다. 마치 전문 마술사가 손을 이용한 교묘한 속임수를 하고 있는 듯 하다.

개인적인 측면

목성/쌍둥이자리 사람들은 삶을 향상시키기 위해 항상 적극적이고 많은 정보를 얻으려는 욕구를 가지고 있다. 이들은 지적 호기심이 강하기 때문에, 평생 동안 정신적인 발전이 계속된다. 이들은 박식하게 보이고 싶어 하고, 어떤 상황에서든 자신이 가지고 있는 정보를 이용하여 속임수를 발휘할 수 있다. 학교 교육과 같은 형식적인 교육을 받지 않고서도 굉장히 많은 지식과 정신적인 성취를 이룰 수 있다. 목성과 쌍둥이자리의 결합은 독학을 통해 지적 능력을 키울 수 있는 재능을 보여주기도 한다. 이들은 여행과 사회적 관계를 통해 정신적인 능력을 확장시키고, 그것으로부터 얻은 경험을 자랑스러워한다. 여행이 중요하다. 왜냐하면, 여행을 하면서 그들의 끊임없는 정신적인 활동으로 인한 긴장감을 풀 수 있을 뿐만 아니라 정신도 풍요로워질 수 있기 때문이다. 머리를 지나치게 많이 써서 현기증이 날 때에는 명상을 하는 것도 도움이 된다. 또 가까운 친척과 연락하는 것도 즐거운 일이다. 이 카드가 설명하는 사람은 현재의 생각이나 사상을 잘 분석하고, 사회적 · 정치적인 면에 대해 통찰력 있게 논평할 수 있다.

점괘로 이 카드가 나왔다면, 낯선 상황으로 뛰어 들어 자신의 기지를 발휘하여 처음에 허세를 부려볼 필요가 있다는 의미이다. 이것은 그렇게 나쁜 접근법이 아니다. 난생 처음 해보는 뇌수술도 마치 쉰 번째 하는 것처럼 당당하게 해야 하는 법이니까.

사태

* 지식을 이용하여 타인에게 인상을 남길 수 있는 상황이 생긴다.
* 사업이나 법적 문제에 대해 논의하게 된다.
* 단체나 사회에 강연이나 연설하게 된다.

4
투 기

게자리의 목 성

목 성 – 이득
게자리 – 양육 애정

이미지 : 아래 부분은 게가 집게발을 뻗어 연금술 원판을 건드리고 있는 모습이다. 이 원판은 우주 만물의 이면에 있는 네 가지 주요 원소가 묘사되어 있다. 그 중앙에는 눈 하나가 기회를 찾고 있다. 왕과 여왕은 결혼, 전통, 안정성을 상징한다.

개인적인 측면

목성/게자리 사람들은 인생을 확장하고 발전시키기 위해 가족의 뿌리와 전통에 대한 강한 의식을 유지하고 발전시키고 싶어 한다. 이러한 욕구와 타인에 대한 배려는 여러 가정이 모여 형성되는 지역 사회에서의 활동으로 이어진다. 목성/게자리 사람들은 역사 연구나 과거에 대한 이해의 폭을 넓힐 수 있는 재능을 사용하는 것이 좋다. 목성/게자리 사람들의 초기 양육 형태는 지원적이고 편안한 유형이었기 때문에, 주변 사람들에게도 이러한 자질을 전해주려고 노력한다. 비록 물질적으로 물려받은 것이 없다할지라도, 분명히 강한 가족의 전통은 이어받았다. 대체로는 두 가지 다 이어받는 경우가 많다. 종종 이들은 가업(家業) 확립에 기반이 될 수 있는 것을 상속받는다. 이들은 대체로 토지를 얻고 싶어 하고, 일단 손에 넣은 토지에 대해서는 가치를 높이고 싶어 한다. 이들은 때때로 자신의 집에서 종교적, 철학적, 교육적인 성격의 모임을 가질 것이다.

점괘로 이 카드가 나왔다면, 질문자가 가족에게 의지해서 지원이나 재정적인 도움도 받을 수 있다는 의미이다. 이 카드는 곧 있을 토지 거래의 성공적인 결과를 보여주는 것이기도 하다.

사태

* 가정과 관련된 법적 상황이 생긴다.
* 가정에서 가업을 운영하게 된다.
* 상속받은 것을 가족을 위해 사용한다.

5
명 성

사자자리의 목 성

목 성 – 이득
사자자리 – 창의적인
자 기 표 현

이미지 : 천사가 손을 뻗어 별을 만지고 있다. 이는 '명성' 의 천사로서, 깃발을 들고서 명성을 널리 떨친다. 그녀는 작은 지구 주위를 돌고 있다. 지구에는 4가지 원소 색깔이 있다. 붉은 색은 불, 초록색은 대지, 노란색은 공기, 파란색은 물을 상징한다.

개인적인 측면

목성/사자자리 사람들이 발전하고 성장하려면, 강한 인상을 줄 수 있는 상황을 항상 찾아다녀야 한다. 이들은 사고력이 크기 때문에, 주도권을 잡고서 일을 해내야 한다. 창의직인 상상력이 필요한 지역 행사들과 풍부한 아이디어가 이들의 특별한 재능을 기다리고 있다. 사람들을 많이 사귐으로써 자신들의 온화한 성격을 한껏 발산할 수 있다. 창의적인 직업을 구할 수 있다면 더욱 더 그러하다. 이들은 창의력을 갖고 있기 때문에, 예술품을 감상할 기회를 많이 접하게 되고, 이들의 재능은 전문적이든 아마추어이든 상관없이 시간이 지나면서 더욱 더 성숙해진다. 목성이 사자자리에 위치하게 되면 도박의 유혹을 받게 되는데, 훈련을 통해서 도박에 대한 지나친 낙관론을 자제해야 할 것이다. 목성/사자자리 사람들은 자녀에 대한 자부심이 굉장하여, 자녀의 교육을 위해서라면 돈을 절대로 아끼지 않는다. 이들에게는 적어도 한가지 창의적인 재능을 갖고 있고, 그 재능의 성공적인 결과를 얻을 수 있다.

사자자리는 자녀와 관련이 있기 때문에, 점괘로 이 카드가 나왔다면 자녀의 재능을 창의적으로 표현할 수 있도록 해주어야 한다는 의미이다. 부정적으로는, 자녀를 통한 명예욕과 환상에 사로잡혀, 스타가 된 자녀를 너무 닦달하는 전형적인 어머니의 모습을 보여주는 것이기도 하다. 긍정적으로 본다면, 지원을 아끼지않고 양육하는 부모를 의미하는 것이다.

사태

* 자화자찬하게 된다.
* 교회나 그와 유사한 조직에서 뛰어난 구성원이 된다.
* 명예를 얻거나 관심 집중을 받게 된다.
* 지역 활동에서 주도적인 역할을 하게 된다.

6
인내심

처녀자리의 목 성

목 성 – 이득
처녀자리 – 완벽과 봉 사

이미지 : 상류층 귀부인이 정원을 거닐고 있다. 그녀는 정교하고 섬세하게 수가 놓인 옷을 입고 있다. 황소와 사자가 마음 편히 서로 등지고 있다. 고전적이게 생긴 두 개의 두상은 대지의 여신인 '키르케' 와 '가이아' 이다.

개인적인 측면

목성/처녀자리 사람들은 뛰어난 분석력과 비판력을 충분히 이용할 수 있을 때, 인생이 풍요로워진다. 이들은 섬세한 일을 훌륭히 잘 해내고, 전문가 활동에서 큰 성과를 거둔다. 철학적인 면에서 볼 때, 이들은 대부분의 논쟁에서 진실을 가려낼 수 있지만, 일반적인 타인의 눈에는 너무 비판적인 태도로 비칠 수 있다. 건강과 식습관을 주의해야한다. 이들은 정신적 · 정서적 상태가 건강과 엄청난 관련이 있다는 것을 선천적으로 알고 있기 때문에, 이런 영역에서 타인들을 돕고자 한다. 따라서, 목성/처녀자리 사람들은 보완대체의학이나 신앙 치료 등과 같은 치유법을 개발할 수 있는 잠재력을 갖고 있다. 거대한 행성인 목성과 섬세한 별자리인 처녀자리가 결합되어 필연적으로 갈등이 생겨, 결과적으로 세부적인 일에 과도하게 집중하여 건강까지 해치게 된다. 너무 과도하게 일을 하기도 하고, 결벽증 같은 행동도 보이게 된다.

점괘로 이 카드가 나왔다면, 질문자가 용기있게 도움을 구해야 한다는 의미이다.

사태

* 사회단체나 자력 구제 단체의 비서로 일하게 된다.
* 조직의 방법과 체제를 재정비하게 된다.
* 학습 장애를 지닌 사람을 돕는다.

7

협 상

———

천칭자리의 목 성

목 성 – 이득
천칭자리 – 정의감과 미적
감각

이미지 : 작은 마을 앞 들판에 검은 피부의 여인이 서 있다. 그녀는 손을 들어 태양과 달을 연결시키고 있다. 이는 땅, 정서, 창의력, 소유물을 상징한다.

개인적인 측면

목성/천칭자리 사람들은 타인과의 교류를 통해 삶의 질을 높이고 개인적인 친분도 쌓아간다. 정의감과 도덕적 원칙이 강해서 중재 역할을 잘 해낸다. 이들은 온유하게 실득하는 재능이 있기 때문에, 사회단체나 자선 단체에서 일을 잘 할 수 있다. 그러나 타인을 즐겁게 해주려는 욕구 때문에, 모든 사람들의 마음에 쏙 드는 사람이 되려고 노력한다. 이로 인해서, 능력 이상의 약속을 해서 지키지 못해, 오히려 남으로부터 미움을 사기도 한다. 목성/천칭자리 사람들은 결혼 생활과 인간관계를 오랫동안 유지하고, 물질적 · 정신적 행복을 누릴 수 있다. 목성/천칭자리 사람들은 과장이 심한 계획이나 투기와 관련된 일에 휘말리면 모든 것을 잃을 수가 있다. 이들의 장점은 모든 가능성에 동등한 가치를 부여하여 판단할 수 있다는 것이다.

점괘로 이 카드가 나왔다면, 이제 결정을 내려야 할 때가 왔다는 의미이다. 그리고 찬성과 반대 입장을 잘 고려하여 양 당사자 모두가 받아들일 수 있는 해답을 제시해야 한다는 것이다.

사태

* 특정 계획을 실행하기 위해 언어를 배우게 된다.
* 회의를 시작하게 된다.
* 부당하게 비난받는 사람을 대변하게 된다.
* 사업 거래를 협상한다.
* 결혼 생활 지도를 해준다.

8

조 정

———

전갈자리의 목 성

목 성 – 이득
전갈자리 – 자제력, 회복

이미지 : 강렬하면서도 사람의 마음을 끄는 성직자 또는 무속인이 관중을 꿰뚫어보듯이 쳐다보고 있다. 그 위에는 8각 별이 있는데, 이는 제8궁인 전갈자리를 상징한다. 모자에 있는 6각 별은 지혜와 깨달음을 상징한다.

개인적인 측면

목성/전갈자리 사람들은 삶의 비밀을 연구할 수 있는 심리학과 신비주의에 대한 열정과 관심이 크다. 목성/전갈자리는 인생의 심오한 주제에 대해 열정을 갖고 있기 때문에, 저승 세계, 환생, 영적 세계 등에 관심이 크다. 법적인 일이나 사업에 흥미를 가지며, 조력이나 사색을 통해 타인에게서 재정적인 이득을 얻을 수 있다. 타인의 재능 발전을 위해 도움을 줄 수 있기 때문에, 카운슬링이나 매니지먼트 사업에 유리하다. 목성/전갈자리 사람들은 이타(利他)적인 이유에서든 이기(利己)적인 이유에서든 타인의 비밀을 밝혀낼 수 있고, 남의 마음을 끄는 힘과 마음을 꿰뚫어볼 수 있는 힘을 거의 최면술처럼 사용하여 목적을 달성할 수 있다. 이들의 장점은 큰 문제를 지닌 사람들을 책임있게 도와줄 수 있고, 비범한 사람들을 성실하게 도와주며 지원해 줄 수 있는 헌신적인 기업인이 될 수 있다는 것이다. 반면에, 이들은 엄청난 카리스마를 이용하여 타인을 설득하고 유혹하여 자신이 원하는 대로 마음대로 만들 수 있다는 것이 단점이다.

점괘로 이 카드가 나왔다면, 질문자가 거짓되고 속임수를 쓰는 사람을 따르고 있다는 것이다. 전갈자리를 지배하는 제8궁은 상속을 통한 이익을 의미한다.

사태

* 어려운 법적 문제가 발생한다.
* 사람이나 계획에 대해 설득하거나 선전할 수 있는 위치에 서게 된다.
* 누군가의 비밀을 캐내는 일을 하게 된다.

9
원 칙

궁 수 자 리 의 목 성

목 성 - 이득
궁 수 자 리 - 낙천주 의, 모 험

이미지 : 폐허는 이전 시기의 확립을 상징한다. 주교관(主敎冠)은 수세기 동안 여러 나라에 걸쳐 발휘했던 영적(靈的) 권력을 상징한다. 프톨레마이오스는 팩트(Phact) 별이 밝게 빛나는 노아의 비둘기자리를 목성과 토성의 성질을 지닌 것으로 여겼다.

개인적인 측면

목성의 원래 별자리가 궁수자리이므로, 완벽한 결합이다. 목성/궁수자리 사람들은 육체적 · 정신적으로 폭넓고 모험적인 여행을 통해서 삶을 풍요롭게 할 수 있다. 이들은 한동안 나른 문화에 대해 연구하거나 다른 문화에서 살면 만족스러울 것이고, 주요 철학이나 종교가 삶의 중요한 부분이 될 것이다. 이는 심리학이나 정치학으로 나타날 수도 있다. 목성/궁수자리 사람들은 출판, 강의, 교직 등과도 관련이 있을 수 있지만, 항상 윤리학과 관련이 크다. 이러한 관심은 넓은 시야를 형성하기 때문에, 미래를 볼 수 있는 능력'을 가질 수 있다. 목성/궁수자리 사람들은 교육을 최대한 많이 받고 싶어 하고, 대학 수준의 교육 기회를 이용하여 탁월하게 목표를 달성한다. 그러나 극단적인 종교나 철학에 빠지기 쉽다. 단점은 자신의 세계관만 옳다고 주장하여 타인에게까지 강요하거나 괴롭힌다는 것이다.

점괘로 이 카드가 나왔다면, 질문과 관련된 원칙이나 생활 철학의 문제가 대두될 것이라는 의미이다.

사태

* 멋진 관광이나 세계 여행을 계획한다.
* 새로운 철학이나 종교에 완전히 몰입하게 된다.
* 종교를 바꾸게 된다.
* 남에게 자신의 철학을 납득시킨다.

10
통 제

염소 자리의 목 성

목 성 – 이득
염소 자리 – 의무 , 끈 기

이미지 : 창조자 제우스/주피터가 세상 위에 발을 놓고 쉬면서 자신의 창조물을 내려다보고 있다. 아기 천사들이 하늘의 차양을 초록 빛 지구 위로 가져온다. 자신의 꼬리를 삼키고 있는 뱀은 지구를 보호하고 있다. 이 뱀은 시간, 영원, 그리고 우주를 상징한다.

개인적인 측면

목성/염소자리 사람들은 책임감을 갖고서 삶과 지위를 향상시키려는 야망을 끊임없이 갖고 있다. 이들은 의사 결정에 있어서 배려와 판단을 시험해 볼 수 있는 만족스러운 영역을 찾아낸다. 이들은 목적 달성을 행복의 중요 요소로 여기고, 권위를 가질 수 있는 지위를 열망한다. 이들은 지역 사회에서 뛰어난 지위를 맡아 사람들을 이끌어간다. 즉, 사회의 기둥이 될 잠재력을 갖고 있는 것이다. 강한 윤리적·종교적 신념이 자신뿐만 아니라 남의 시선에도 중요하다. 이 카드는 아무리 겸손할지라도 공공 업무와 권력 지위에서 크게 성공할 수 있다는 의미이다. 그러나 야망으로 인해 가정에서 갈등이 발생하게 되는 위험도 있다. 단점은 융통성이 필요한 상황에서 오직 원리 원칙만을 고수한다는 것이다. 이런 융통성 없는 성격으로 인해 작은 문제에 대해서는 인색해지고, 큰 문제에 대해서는 과도하게 사치스러운 면을 보일 수 있다.

점괘로 이 카드가 나왔다면, 자신의 현재 위치에서 완벽하게 책임을 져야하고, 어려운 상황에서 벗어나려면 통제력을 발휘해야 한다는 의미이다.

사태

* 조직에서 책임을 질 지위를 맡게 된다.
* 오랫동안 끈기 있게 해온 일에 대해 인정받게 된다.
* 정치 또는 사업의 대가(大家)가 된다.
* 종교 지역 사회에서 탁월한 인물이 된다.

11
혁 신

물 병자리의 목 성

목 성 - 이득
물 병자리 - 원칙, 인류 애

이미지 : 여자가 특이한 줄무늬 옷을 입고 식물로 된 특이한 의자에 앉아있다. 손에는 채찍처럼 생긴 도구를 들고 있는데, 이 도구에는 꽃잎이 9개 달린 꽃이 들어있는 공이 부착되어있다. 네 귀퉁이에는 앙크 십자가가 있는데, 네 번째 것만 모양이 다르다.

개인적인 측면

목성/물병자리 사람들은 인생을 풍요롭게 발전시킬 때 개혁, 사회 조직, 훌륭한 명분 등을 통해서 많은 것을 얻는다. 이들은 인류에 대한관심을 중요하게 여기고 보편적인 윤리 법전에 매혹된다. 목성/물병자리는 마음이 넓고 새로운 아이디어에 항상 개방적이기 때문에, 평생 동안 특이한 철학이나 종교, 또는 비학(秘學) 등에 매력을 느낀다. 이들은 인류애를 갖고 있기 때문에 인기가 많다. 따라서, 이들은 친구와 함께 일하거나 단체 활동을 통해서 인생 목표를 달성할 수 있다. 목성/물병자리 사람들은 새로운 인식 방법과 지역사회 활동에 관심이 많아서, 많은 노력을 통해 성공할 수 있다. 이들의 자선적이고 인류애적인 본성은 종교 · 우애 · 교육 단체 등에서 발휘된다. 이들의 단점은 변덕이 심하고 괴상한 행동을 하며, 심하면 친구들이나 배우자에게서 신임을 잃게 된다. 이들의 정신은 너무 창의적이면서도 산만하기 때문에 잠재력을 낭비하게 된다.

점괘로 이 카드가 나왔다면, 완전히 새로운 방식으로 문제에 접근하라는 것이다. 물병자리는 우정을 상징하는 제11궁을 지배하므로, 똑똑하고 재능 있는 친구의 도움을 받을 수 있다는 의미도 있다.

사태

* 독창적인 아이디어를 실행에 옮기게 된다.
* 새로운 발명품과 관련이 있다.
* 타인에게 도움을 주거나 교육시키기 위해 아방가르드 조직이 형성된다.
* 운이 적은 사람들을 도울 수 있는 기발한 생각을 한다.

12
유 혹

물 고 기자리의 목 성

목 성 – 이득
물 고 기자리 – 이해, 공 감,
동 정, 희생

이미지 : 중앙에 인류 최초의 여성 이브가 지식의 나무에서 사과를 따고 있다. 그녀 앞에 있는 카시오페이아 별자리는 타로 트럼프에서 두 번째로 나오는 여성 대사제와 관련이 있다. 하트와 꽃은 사랑에 관한 세속적인 견해를 상징한다.

개인적인 측면

목성은 전통적으로 물고기자리를 지배하는 행성이다. 따라서, 목성/물고기자리 사람들은 약자와 불행한 사람들을 옹호함으로써 삶의 질을 높인다. 동정심이 많은 물고기자리는 차별 없이 모든 사람들을 배려한다. 그러다 보니, 남에게 쉽게 이용당하기도 한다. 목성/물고기자리 사람들은 주변 사람들에게 매우 민감하며, 심령적인 능력을 어느 정도 갖고 있다. 신비주의적이거나 더 고차원적인 행로가 인생에서 중요하게 작용한다. 이들은 명상과 사색을 통한 내면의 영적(靈的)인 행로에 관심이 높기 때문에, 신비주의와 종교적 사상을 중요하게 여긴다. 목성/물고기자리 사람들은 타인을 도와주는 것에 만족감을 느낀다. 남모르게 선행을 하는 것도 높이 평가된다. 이들의 단점은 자신들의 배려심과 감수성을 이용하려는 사람들에게 잘 속는다는 것이다. 타인에 대한 동정과 타인을 즐겁게 해주려는 욕구로 인해 이용당하고 유혹에도 잘 넘어간다.

점괘로 이 카드가 나왔다면, 모든 것이 겉으로 보이는 것과는 다르다는 경고이다. 즉, 이면에 숨어있는 유혹이 무엇인지 모른 채로 속아 넘어 갈 수 있다는 것이다.

사태

* 불행의 희생양이 될 수 있다.
* 사랑하는 사람을 위해 엄청나게 희생한다.
* 타인이 원하는 바를 알아차릴 수 있는 직관력이 생긴다.

토 성

야망의 패

토성과 별자리의 결합을 통해 알고 싶은 내용이 얼마나 물질적 · 사회적으로 진척되어 가는 지를 파악할 수 있다. 토성은 책임감과 사회가 기능하기 위한 경계와 구조를 상징한다. 이 행성은 인내와 결단력을 잘 조절하고 발휘해야하는 영역에 관한 것이라는 이유만으로, 전통적으로 점괘에서 제한적인 요소로 알려져 있다. 토성은 또한 끈기와 책임감 있게 계획을 실행하여 목표를 달성하는 능력을 나타낸다. 토성이 지배하는 제3궁은 직업 생활, 명예, 명성, 그리고 세속적인 성공과 관련이 있다. 따라서 토성과 만나는 별자리는 성공의 길을 알려주고, 그 길을 가다가 마주치게 되는 어려움에 대해서도 말해준다.

토성과 관련된 직업

호텔리어, 바텐더, 벽돌공, 노동자, 마술사, 비서, 가게주인, 광부, 정원사

토성과 관련된 사물

토요일, 납, 흑옥 또는 새까만 석탄, 검은색, 뼈, 치아, 무릎, 딱정벌레, 야행성 새, 소, 악어, 염소, 농업, 쓰레기, 할아버지, 마취, 오래된 건물, 감옥

1
위 험

———

양자리의 토 성

토 성 – 야망
양자리 – 자기 의지

이미지 : 재물을 짊어지고 있는 소년이 무서운 곰 옆을 용감하게 지나가고 있다. 북미 인디언의 주술 물건은 위험으로부터의 보호를 의미한다. 열쇠는 문을 열고 나갈 수 있는 양자리의 용기를 상징하고, 별이 달린 나무는 화성인이 가진 용기의 결실을 나타낸다.

개인적인 측면

　토성과 양자리가 결합하면 개성, 개인주의 성향, 주도적이고 적극적인 활동에 자제력과 열정이 더해져서 큰 성과를 얻을 수 있다. 토성/양자리는 단호하고 결단력 있게 말하고 행동한다. 이들은 이성적인 능력이 뛰어나고, 필요할 경우에는 책임감도 맡는다. 그러나 타인의 도움이나 조언을 거의 구하지 않기 때문에, 고독한 사람이라고도 할 수 있다. 양자리는 빨리 행동하려는 욕구를 지니고 있기 때문에, 인내심이 많이 필요한 상황에서는 매우 답답해하고 좌절한다. 규제하는 성향을 지닌 토성과 양자리가 결합하면, 양자리의 급한 성격은 더욱 더 강해져, 위험한 행동을 하게 된다. 이러한 행동이 성공할 수도 있고, 그렇지 않을 수도 있지만, 대체로 좌절하는 결과를 낳는다. 훈련과 자연적인 에너지가 결합된 무술을 통해서 양자리의 공격적인 성향이 육체적으로 해소될 수 있을 것이다.

　점괘로 이 카드가 나왔다면, 유머러스한 방식으로 표현해야만 오랫동안 성실히 해 온 일에 대해서 욕을 먹지 않는다는 의미이다. 지금은 편안하게 여유를 가지고, 위험을 무릅쓰는 것도 정도껏 해야할 시기이다.

사태

　* 새로운 가능성에 도전하기 위해 위험을 무릅쓴다.
　* 오랫동안 성실하게 집중적으로 일을 하다가, 후회하게 될 행동을 갑자기 하게 된다.
　* 격렬한 일을 함으로써 억지로 권력 지위를 얻으려고 한다.

2
과시

———

황소 자리의 토 성

토 성 – 야망
황소 자리 – 물질적 가치

이미지 : 비너스가 바다 황소를 타고 있고, 그 옆에는 아기 천사와 돌고래가 있다. 금성은 낭만과 쾌락을 즐기는 성향을 지닌 황소자리를 지배한다. 위 부분에는 부유한 여성이 흰 소가 끄는 황금 마차를 몰고 있다.

개인적인 측면

토성/황소자리 사람들은 야망을 물질적으로 성취하고, 이러한 물질적 가치를 통해 성숙해간다. 이들은 물질적인 성향이 매우 크기 때문에, 돈에 대한 집착, 이기심, 과시 욕구를 갖고 있다. 체면 잃는 것을 가장 싫어하기 때문에, 현 상태를 유지하려고 늘 애쓴다. 낭만적이고 심지어는 예술적인 성향도 있는데, 이 역시 돈이나 개인적인 이익과 관련된 능력이다. 어느 별자리에서든 토성의 성향은 통제되어야 한다. 토성이 황소자리와 결합하면, 안이하고 쾌락을 즐기려는 성향이 강해진다. 토성/황소자리 사람들은 타인의 아량이나 도움을 이용하여 자신의 욕구를 충족시키려고 한다.

점괘로 이 카드가 나왔다면, 해야 할 의무와 책임감을 성실히 수행해야만 재산이나 경제적인 이익을 얻을 수 있다는 의미이다. 이 카드는 과시를 상징하기 때문에, 아무리 올바른 일을 한다 해도 그리 인기를 얻지는 못한다는 의미이다. 이 카드는 오랜 기간 동안 영향력을 발휘할 것이다.

사태

* 물질적 이익을 얻기 위한 계획을 세우려는 유혹이 생긴다.
* 가장 인상적이고 현 상태를 강화할 수 있는 사항을 선택하게 된다.
* 경제적으로 이익이 되는 큰 일을 하게 될 것이다.

3

집중력

쌍둥이자리의 토성

토 성 – 야망
쌍둥이자리 –정신적 인식

이미지 : 거미줄 중앙에 별이 있다. 거미줄은 인내심과 집중력을 의미한다. 위 부분에는 꼬마 도깨비가 굳게 다문 입술 위에서 뛰놀고 있다. 그 주위에는 7개의 검(劍)이 위험하게 춤추고 있다.

개인적인 측면

토성/쌍둥이자리는 뛰어난 사고력과 이성 능력을 지니고 있다. 성취욕이 많은 토성과 재능이 많은 쌍둥이자리가 결합되어 있기 때문에, 문제에 대한 적절한 답을 빨리 찾아 낼 수 있다. 야망과 관련된 모든 상황에서 올바른 사람으로 인식되기를 원하기 때문에, 퉁명스러운 인상을 줄 수 있고, 유명한 사람의 이름을 함부로 들먹이기도 한다. 이들은 교묘한 문제를 체계적이고 합리적으로 해결한다. 이들은 확실한 입장을 취하기 때문에, 자신의 일에 있어서도 명확한 연락과 합의를 중요하게 여긴다. 수학과 과학에 재능이 있어, 그 분야의 활동에 노력을 아끼지 않는다. 습득한 대부분의 정보는 자신의 야망과 직업을 위해 이용한다. 책장에는 소설책보다 위인전이나 기술 서적이 가득할 것이다. 재능이 많고 융통성도 있지만, 단점은 너무 의심이 많고 심하게 비판하며 성격이 까다롭다는 것이다.

점괘로 이 카드가 나왔다면, 주의가 산만하고 복잡하게 얽힌 상황이 발생한다는 암시이다. 이런 경우에는 꼭 필요한 일만 성실하게 수행해야 성공적인 결과를 얻을 수 있다. 쌍둥이자리가 제3궁을 지배하므로, 이 카드는 형제자매 간의 불화를 암시하기도 한다.

사태

* 중요한 일을 할 때, 남을 설득시켜 자신의 방식대로 해 나간다.
* 집중력이 많이 필요한 연구를 수행하여 무엇인가를 성취한다.
* 오랜 기간 동안 학업에 열중한다.
* 누군가가 고의적으로 주의를 산만하게 하는데, 이를 무시해야한다.

4
자애(慈愛)

게자리의 토 성

토 성 – 야망
게자리 – 양육 애정

이미지 : 두 아이를 안고 있는 어머니가 강렬하고 엄숙해 보이는 건물을 피하고 있다. 하늘에는 천사가 이들에게 동정의 손길을 뻗고 있다.

개인적인 측면

토성/게자리 사람들은 가정 일에 대해 책임감이 강하다. 이들 자신의 초기 환경은 엄격하여, 지금까지도 정서적으로 그 상처가 남아 있을 것이다. 이들은 가정환경을 향상시키는 것을 중요하게 여긴다. 편안하고 안정된 가정환경은 인생 후기에 이루어질 것이다. 가족으로부터 정서적으로 소외된 느낌을 가질 시기가 오거나, 더 많은 책임을 맡아야할 상황이 발생할 것이다. 어떤 상황이든지 안정을 중시하기 때문에, 가족 및 사회적 책임감을 진지하게 맡을 것이다. 단점은 물질적인 것과 사랑하는 사람에 대해서 과도하게 집착한다는 것이다. 타인을 배려하고 열심히 도우면, 평생 만족스러운 삶을 살 것이다. 토성/게자리는 안정과 안락함을 위해 열심히 노력하려는 욕구를 갖고 있다. 그러나 내면에는 위엄을 유지하려는 욕구가 있기 때문에, 위엄을 잃어버리지는 않을까 하는 불안을 늘 갖고 있다.

점괘로 이 카드가 나왔다면, 가족과 가정의 안정을 유지하려는 노력을 의미한다. 어떠한 제도나 기관으로부터 어쩔 수 없이 물질적인 원조를 받아야 하는 상황과도 관련이 있다.

사태

* 자선 단체나 기관에서 일하게 된다.
* 책임감을 맡는 지위에서 보람된 일을 하게 된다.
* 사회 복지를 위해 한 일에서부터 보답이나 보람을 얻게 된다.
* 입양하게 된다.

5
관 용

사자자리의 토 성

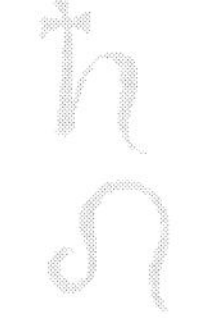

토 성 – 야망
사자자리 – 창의적인
자기표 현

이미지 : 열정적인 연설자가 대중에게 과거의 위대한 예언자에 대해 말하고 있다. 위 부분에 있는 예언자는 연설자에게 영감(靈感)을 불어 넣어준다.

개인적인 측면

토성/사자자리 사람들은 끈기와 자기 훈련, 관용 정신을 이용하여 더 나은 삶을 살아간다. 이들의 야망에는 예술적인 잠재력이 포함되어 있기 때문에, 매우 창의적인 형태로 실현될 수 있다. 따라서 연예계, 매니지먼트, 창의적이거나 교육적인 역할 등과 같은 분야에서 성공할 수 있다. 이들은 타인에게 존경받고 싶어 하는 욕구가 강하기 때문에, 거만해지거나 인정받기만 추구하려는 단점이 있다. 아니면 확실히 인정받기 전까지는 감정이나 견해를 표현하지 않아서 기회를 놓칠 수도 있다. 이 카드는 나이가 훨씬 많은 사람이나 더 많은 경험을 지닌 사람과 연애할 수도 있다는 것도 보여준다. 토성/사자자리 사람들은 창의적인 일이나 애정 문제에 있어서 실망할 일이 발생할 수 있으니, 잘 이겨내야 한다. 이런 일에 대해서는 남에게 도움을 구하면 문제가 완화될 것이다. 토성/사자자리 사람들은 내성적이고 사색에 시달리는데, 이는 인간관계에 도움이 되지 않는다.

점괘로 이 카드가 나왔다면, 창의적인 즐거움을 나눌 수 있다는 의미이다. 다른 단서를 나타내는 카드가 없이 이 카드만 나왔다면, 확실히 성공적인 결과를 얻을 것이다.

사태

* 빛을 발할 기회가 생긴다.
* 훌륭한 명분을 위해 공연을 해달라는 부탁을 받게 된다.
* 재능이 적은 사람들에게 창의적인 기술을 가르친다.
* 교육으로 아동을 돕는다.

6

소 외

———

처녀자리의 토 성

토 성 – 야망
처녀자리 – 완벽과 봉 사

이미지 : 한 사람이 고개를 돌리고 있는 친구를 위로하고 있다. 위 부분에는 폐허가 된 수도원이 서 있는 시골 풍경이 그려져 있다. 오래된 돌은 부스러지고 나무만 무성하다.

개인적인 측면

토성/처녀자리의 끈기와 자기 훈련이 완벽한 성과를 이루어낸다. 토성/처녀자리 사람들은 직장의 체제와 질서에 관심을 가지지만, 극단적일 경우에는 심하게 완벽주의를 추구하고 굉장히 비판적인 성격이 된다. 이들은 자기 훈련이 가능하고, 타인이 의지할만한 사람이다. 그러나 이들은 능력이 부족한 동료들을 다소 심하게 대한다는 것을 스스로 인식한다. 토성/처녀자리 사람들에게는 건강과 식습관이 중요하다. 그러나 그것에 대해 너무 걱정해서는 안 된다. 토성/처녀자리 사람들은 직장에서나 타인을 도울 때 막중한 책임감을 맡고, 주요 계획을 혼자 책임지고 수행하는 경우도 많다. 이들은 매우 성실하기 때문에, 동료들로부터 굉장히 존경받는다. 그러나 너무 힘에 부치게 일을 하다보면 건강을 해칠 수 있다. 전문화된 기술로 열심히 일하면, 경제적인 안정도 이룰 수 있다. 모든 일에 너무 완벽과 정확성만을 추구하다보면 우울해지고 엄숙해질 수 있기 때문에, 동료들로부터 소외될 수 있고 인기를 얻지 못한다는 것이 단점이다.

점괘로 이 카드가 나왔다면, 느긋하게 휴식을 취하여, 일로 인한 압박감을 해소해야한다는 의미이다.

사태

* 계획의 질을 점검해야 한다.
* 재조직하여 효율성을 높여야 한다.
* 오랜 기간 동안 혼자 작업한다.
* 스스로가 너무 높은 기준을 세운다.

7
헌 신

천칭자리의 토 성

토 성 – 야망
천칭자리 – 정의감과
미적 감각

이미지 : 나무에 앉아 있는 비둘기는 땅에 가만히 누워있는 짝을 떠나지 않는다. 위 부분에는 낮과 밤, 즉 태양과 달을 상징하는 구(求)가 별이 빛나는 하늘에 떠 있다.

개인적 측면

토성/천칭자리는 사회적인 책임과 지역사회를 위한 일과 관련이 있다. 이들은 정의감이 강하기 때문에 법적 문제나 재판에 뛰어난 능력을 갖고 있다. 타인에게서 많은 존경노 받을 수 있나. 그러나 어떠한 문제에 대해 양측을 모두 파악하려는 욕구 때문에, 결정을 내리지 못하고 우유부단해 질 수 있다. 이들의 헌신적인 성격은 굉장히 오래 지속된다. 그러나 천칭자리는 영원히 한 방향으로 결정을 내리지 못하기 때문에, 파트너십이 약화될 수 있다. 한편으로 이들은 조직이나 집단 노력으로 크게 성공할 수 있다. 토성이 천칭자리에 위치하면 결혼을 늦게 하거나, 배우자가 진지하고 나이가 많고 경력 지향적인 사람일 것이다. 아마 배우자가 꽤 유명한 사람일 수도 있다. 토성/천칭자리의 장점은 안정적이고 지속적인 인간관계를 맺을 수 있다는 것이다. 이들은 협력적으로 열심히 일하고 책임감도 함께 맡는다. 타협이 파트너십에 중요한 요소가 된다.

점괘로 이 카드가 나왔다면, 질문자가 모든 사람들을 기쁘게 주려는 욕구 때문에, 자신이 할 수 있는 이상의 약속을 할 위험성이 있다는 의미이다. 그로 인해 아무 것도 성취하지 못하는 헛된 상황으로 끝나버릴 수 있다.

사태

* 법적 소송에 참여하게 된다.
* 중요한 합의를 도출하게 된다.
* 나이 차이가 많은 사람과 관계를 맺는다.
* 결혼 생활이 오랫동안 지속된다.

8
상 속

전갈자리의 토 성

토 성 – 야망
전갈자리 – 자제력, 회복

이미지 : 멀리 바위 언덕 사이에 있는 활기찬 마을 위에 거대한 성(城)이 서있다. 이 성은 과거, 전통, 상속을 상징한다. 위 부분에 있는 고전적인 미로 중앙에 유니콘이 있다. 유니콘은 강하고 사나운 짐승으로서, 처녀만이 길들일 수 있다.

개인적인 측면

토성/전갈자리 사람들은 재정과 공유된 재산에 대해서 자기 훈련과 책임감을 가져야 한다. 다소 완벽주의 성향이 있기 때문에, 동료들로부터 성실한 사람이라고 인정받는다. 이들은 목표를 달성하기 위해 엄청나게 노력하고, 과정상에서 발생하는 어려운 문제들도 잘 극복해 나간다. 그러나 언제 어느 때나 많은 책임을 맡으려고 하기 때문에, 건강을 해칠 수가 있다. 따라서, 이 카드는 과도한 욕구를 주의해야한다는 경고도 담고 있다. 토성/전갈자리 사람들은 소송과 같은 개인적인 법적 문제를 피할 수 있는 조언을 받을 수 있다. 이들은 남의 재정 문제나 법적 문제에 대해 기꺼이 도움을 주며, 모든 것을 공명정대하게 처리하기 때문에 성공을 거둘 수 있다.

점괘로 이 카드가 나왔다면, 전갈자리가 제8궁과의 지배 관계에 있기 때문에 상속받을 가능성이 있다. 질문자가 공정하지 못한 일이 발생했다는 생각이 들면, 깊은 분노를 품게 된다는 부정적인 의미도 담고 있다.

사태

* 상속받을 수 있다.
* 타인의 자산을 관리한다.
* 타인을 대신하여 판매한다.
* 유언 집행자가 된다.
* 오랫동안 끈기 있게 해 온 일과 관련이 있다.

9
성 취

궁 수 자 리 의 토 성

토 성 – 야 망
궁 수 자 리 – 낙 천 주 의 , 모 험

이미지 : 상인이 부둣가에서 상자에 앉아 해외 선박을 기다리고 있다. 앞쪽에 돈 보따리가 있다. 카드 위 부분에는 어떤 복권이든 당첨될 수 있게 해주는 고대의 부적이 그려져 있다.

개인적인 측면

토성/궁수자리 사람들은 지식과 진리 탐구에 책임을 다한다. 이들은 지적 자긍심이 높고, 전문분야에서는 인정받으려는 욕구가 강하다. 이들에게는 철학과 종교가 매우 중요하고, 자신의 도덕 체계만 따라서 행동한다. 토성은 궁수자리의 야망에 강한 성취감을 부여하고, 궁수의 선천적인 낙천주의에 현실성을 제공한다. 이들의 단점은 자신만이 옳다고 여겨, 자신의 철학과 윤리를 타인에게 강요한다는 것이다. 이는 궁수자리의 강한 명예욕을 떨어뜨리게 된다. 이들의 태도는 무뚝뚝한 면이 있어, 아무리 정직하게 행동하더라도 타인에게 좋은 감정을 거의 주지 못한다. 그러나 이들은 위선을 싫어하고, 화난 사람들을 잘 달래준다. 사업이나 그 이상의 활동을 위한 장거리 여행을 통해 성공과 수익을 얻을 수 있다. 외국인이나 외국 회사와의 거래도 성공적이다.

점괘로 이 카드가 나왔다면, 야망이나 사업에서 굉장히 크게 성공할 수 있다는 의미이다. 주로 외국과의 접촉이 있을 것이다.

사태

* 해외로 중요한 사업 출장을 가게 된다.
* 국제회의를 열거나 참석하게 된다.
* 해외에서 좋은 평판을 얻는다.
* 큰 실수로 인한 여파가 생긴다.

10
재물

염소 자리의 토 성

토 성 – 야망
염소 자리 – 의무 , 끈 기

이미지 : 카드 아래 부분에 날개 달린 행운의 여신이 서있다. 이 여신은 재물, 건강, 부유함, 예술을 상징한다. 옆에 있는 오각형은 사람과 오감을 상징한다. 카드 위 부분에 있는 거대한 인장(印章)은 땅의 결실을 의미한다.

개인적인 측면

토성이 가장 행복해질 수 있는 별자리가 염소자리이다. 따라서, 토성/염소자리 사람들은 입신양명(立身揚名)의 욕구가 강하다. 이들은 자기 훈련과 끈기로써 개인적인 목표를 성취한다. 그 누구보다 인내심이 강하며, 나이가 들면서 가장 크게 성공한다. 토성/염소자리는 구성 능력과 책임감이 강하다. 이들은 다른 사람들의 권위를 받아들인다. 그것이 자신의 권위를 조금씩 쌓아 갈 수 있는 방법이라는 것을 알고 있기 때문이다. 토성/염소자리 사람들은 자기 멋대로 행동하지 않도록 조심해야 하고, 유머 감각을 계속 유지해야 한다. '일만 하고 놀지 않으면 바보가 된다' 는 속담을 명심해야 한다. 인생은 40부터이다 라는 말이 이들에게 딱 들어맞는다. 이들은 나이가 들면서 인생이 편안해지고 성공도 할 수 있다. 이들의 단점은 권력에 굶주려, 최고가 되기 위해 남의 등을 밟고 올라설 수 있다는 것이다. 과도하게 경제적인 이득만 중요시하면, 현실을 인식하지 못하고 모든 일을 제쳐 둔 채로 오직 돈 버는 것에만 혈안이 될 수 있다.

점괘로 이 재물 카드가 나왔다면, 경제적인 일에서나 거래에서 성공할 수 있다는 암시이다.

사태

 * 주식을 하게 된다.
 * 정부 조직과 거래하게 된다.
 * 정치와 관련된 일이 생긴다.
 * 어떠한 명예를 얻게 된다.

11
기괴함

물 병자리의 토 성

토 성 – 야망
물 병자리 – 원칙, 인류 애

이미지 : 반은 여성이고 반은 물고기인 희한한 생물이 그려져 있다. 이는 고대 사람들이 생각했던 인어의 모습이다. 그녀의 손에는 뿌리 없이 양쪽으로 자라는 식물이 있다. 그 뒤로는 평화로운 성읍(城邑)이 있고, 하늘에는 날치가 높이 날고 있다.

개인적인 측면

토성/물병자리는 관심 분야에 늘 혁신적인 정신을 발휘하여 인생을 풍요롭게 한다. 이들은 특이한 사고방식을 가지고 있고, 전통 체제에 특이하게 접근한다. 어떤 분야든, 연구하는 것처럼 항상 개방적이고 과학적인 방식으로 접근한다. 토성/물병자리는 관행을 따르지 않기 때문에 기괴한 사람으로 여겨진다. 그러나 실제로는 매우 분별력이 있고 동료나 친구들에게 여러 가지 좋은 충고를 해주는 사람들이다. 토성/물병자리 사람들은 초연한 인생관을 가졌기 때문에, 자칫하면 인간관계에서 피도 눈물도 없는 매정한 사람으로 여겨질 수 있는 단점이 있다. 이들은 중요한 인물과 권력 있는 사람을 아는 것이 자신의 직업에 강한 영향을 미친다고 여긴다. 그리고 그런 사람들을 만나는 것은 우정을 쌓고 좋은 평판을 얻어 높은 사회적 지위에 오르기 위한 유일한 수단으로 여기는 위험성도 갖고 있다. 긍정적으로는 충실한 면이 있고, 친구를 돕는 친구와 오랫동안 교제한다. 물론, 토성/물병자리는 나이가 훨씬 많은 사람이나 경험이 많은 사람들과 관계를 맺을 것이다.

점괘로 이 카드가 나왔다면, 질문자가 현재 기대 행동에 어긋나고 있거나, 앞으로 그렇게 함으로써 자신의 운을 바꾸려고 한다는 의미이다. 지금은 타인이 어떻게 생각하느냐에 대해서는 신경을 쓸 때가 아니다.

사태

* 컴퓨터와 같은 기술을 이용하여 작업을 할 것이다.
* 혁신적이거나 특이한 집단 활동을 할 것이다.
* 권력과 영향력이 있는 친구를 사귈 것이다.
* 과감한 결정을 내릴 것이다.

12
손 실

물 고 기자리의 토 성

토 성 – 야망
물 고 기자리 – 이해, 공 감,
동 정, 희생

이미지 : 아래 부분에는 갈가마귀가 뼈만 남은 두개골에서 마지막 살점을 쪼아 먹고 있는 모습이 그려져 있다. 토성은 전통적으로 손실을 상징한다. 위 부분에는 큰 저택과 땅이 있다. 부부가 저녁 어스름 속에서 산책하고 있다.

개인적인 측면

많은 토성/물고기자리 사람들은 문제를 겪고 있는 사람들을 돕는 데에 책임과 의무를 다한다. 이들은 타인의 요구를 모른 척 할 수 없기 때문에, 문제를 겪는 사람들을 어떻게든 도와주려고 한다. 이는 전문적인 일에서는 유리하게 작용하지만, 엄청나게 많은 요구를 받게 될 것이다. 토성/물고기자리 사람들은 주변 사람들의 동기를 간파할 수 있는 통찰력이 강하지만, 타인의 요구를 들어주기 위해 자신의 정체성을 잃지 않도록 조심해야 한다. 과도한 상상력과 동정으로 인해 새로운 문제가 발생할 수 있고, 타인의 슬픔과 손실이 자신의 것으로 될 수도 있다. 종종 토성/물고기자리 사람들은 사색을 통해 일하고 싶어 하거나, 어떤 식으로든 속세에서 떠나고 싶어 한다. 심리학과 같은 무의식 연구에 관심을 가질 수도 있다. 그러나 내면을 파악하고 싶어 하는 경향성이나 욕구가 지나치게 심해지지 않도록 주의해야 한다. 토성/물고기자리 사람들은 내면보다는 외면(즉, 타인)을 살펴보는 것이 더 좋다.

점괘로 이 카드가 나왔다면, 어떠한 손실을 입게 된다는 의미이다. 무엇과 관련된 손실인지 잘 생각해야 한다. 질문자가 자신의 손실보다는 타인의 손실에 대해서 걱정하고 있는 것은 아닐까?

사태

* 상실감을 갖게 된다.
* 병원이나 보건 진료소와 관련된 상황이 발생한다.
* 대체 치료법과 관련된 일을 하게 된다.
* 남을 상담해 준다.
* 비학(秘學)에 관심을 가진다.

카드 사용하는 방법

선 오라클 카드를 사용하는 방법에는 여러 가지가 있지만, 가장 대표적인 것은 일년 운세 보기와 호러리 방식이다. 이 두 가지는 모두 태양의 움직임에 바탕을 두고 있다. 일년 운세 보기는 월별로 운세를 볼 수 있고, 호러리는 천궁도에 놓인 카드를 보고서 구체적인 질문에 대한 답을 파악할 수 있다.

먼저 일년 운세 보기에 대해서 설명하도록 하겠다. 이 방법을 통해서 구체적인 질문에 대한 답뿐만 아니라 더 일반적인 인생 문제에 대한 답도 얻을 수 있다. 일년 열두 달의 운세를 파악하는 방법에서 시작하여, 주간 운세, 일일 운세, 더 나아가 특정 시간 운세, 중요한 회의나 과업에 관한 운세에 대해서 파악하도록 한다.

호러리 방식에 대해서 차근차근 살펴보자. 먼저 구체적인 질문을 한다. '예 / 아니오' 로 답할 수 있는 질문이 좋다. 질문의 유형은 "집을 팔 수 있을까?" "그가 나에게 결혼 프러포즈를 할까?" 등과 같은 중대한 문제에서부터 "열쇠를 찾을 수 있을까?" 와 같은 사소한 문제까지도 가능하다. 궁(宮)의 위치에 따른 사항과 7개의 행성과 관련된 행위, 그리고 별자리의 성질을 결합하여 점괘를 다양하게 파악할 수 있다. 모든 변수를 파악하려면 시간이 많이 걸리지만, 일단 익히고 나면 **놀라울** 정도로 정확하게 궁금한 사항에 대해 답을 금방 찾을 수 있고, 힘든 결정을 내리는 데에도 도움이 된다.

마지막으로는, 태양 신탁 카드로 더 심도 있게 볼 수 있는 두 가지 방법을 소개하고자 한다. 하나는 "3분의 1 대좌" 방식이고, 다른 하나는 "기본 4궁 십자" 방식이다.

일년 운세 보기

앞으로의 일년을 생각하며 카드 패를 섞는다. 12장의 카드를 둥글게 놓기 위해서, 먼저 첫 번째 카드를 왼쪽에다 그림이 안보이게 엎어둔다. 이 카드는 4월의 춘분인 양자리의 태양을 대신하는 것이다. 이 카드를 시작으로 하여 카드를 하나씩 차례대로 반시계 방향으로 각각 엎어놓는다. 이렇게 해서 총 12장의 카드가 둥글게 놓여 지는데, 이 각각의 카드는 각 달을 의미한다. 13번째 카드는 중앙에다 엎어놓는다. 이렇게 놓은 카드는 다음 그림과 같다.

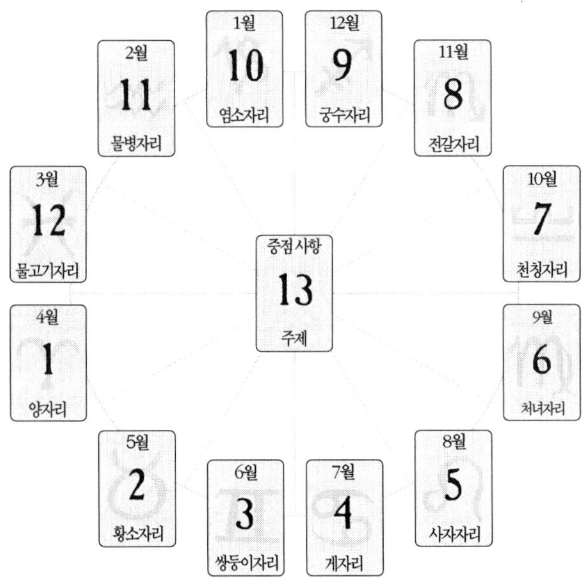

일년 운세를 파악하려면, 현재 달을 상징하는 카드부터 살펴보아야 한다. 예를 들어, 지금이 8월이라면, 5번째 카드부터 시작하여 하나씩 차례대로 다음 해 7월까지 운세를 보면 된다. 중앙에 있는 카드는 그 한 해 동안 가장 큰 중점 사항이나 주제에 관한 것이다.

각 달의 자질에 대해 파악하다 보면, 다른 달 보다 더 흥미를 끄는 달이 있을 것이다. 그 달에 대해서 더 자세히 알아보려면, 카드 패의 제일 위에서부터 차례대로 넉 장을 뽑는다. 첫 장은 그 달의 첫째 주, 두 번째 장은 둘째 주, 세 번째 장은 셋째 주, 네 번째 장은 넷째 주를 상징한다.

그 중, 구체적으로 알고 싶은 주가 있다면, 역시 카드 패의 제일 위에서부터 일곱 장을 뽑는다. 이 일곱 장은 그 주의 7일이다. 물론 일요일부터 시작하는 것이다. 이런 식으로 즉흥적으로 만들어낼 수 있는 방법은 무한하다. 예를 들어, 어떠한 특정일 오후 3시에 있을 회의에 대해서 알고 싶다고 하자. 그러면 카드 열네 장을 차례대로 엎어놓고, 열다섯 번째 카드를 펴본다(하루를 24시간으로 본다면, 오후 3시는 15시이므로, 열다섯 번째 카드를 보는 것이다). 이 카드를 보면 그 회의의 결과가 어떻게 될지 예상할 수 있다.

일년 운세 보기 : 사례 1

두 아이의 엄마인 리나(Lena)가 6월에 운세를 보러 왔다. 남편 에드(Ed)는 건강이 좋지 않아서 어쩔 수 없이 농업을 그만두어야 했다. 이들은 농장을 팔고 작은 골동품 가게를 샀다. 그 가게 위층에는 주거용 집이 많았다. 리나는 다음 일년이 가족들에게 결정적으로 중요한 시기라고 했다. 태양 신탁 카드는 어떤 결과를 보여주었을까? 일년 운세를 보는 방식대로, 6월을 상징하는 네 번째 카드부터 살펴보았다.

7월

독창성 – 물병자리의 수성

이 카드는 수성과 물병자리가 결합한 것으로서, 멋진 생각을 상징한다. 물병자리는 사물을 항상 특이하게 보는 안목을 제시하고, 수성이 이 별자리에 위치하면 새롭고 독창적인 접근법이 필요하다. 비록, 이 부부가 전통적이고 다소 오래된 사업을 하고 있지만, 이 카드를 보아 당장 완전히 새로운 시각으로 사업을 해야 한다.

8월

상속 – 전갈자리의 토성

토성과 전갈자리가 결합된 카드이다. 전갈자리에는 재산 분배의 의미가 있으므로, 타인의 돈을 다루거나 상속을 받을 징조이다. 증숙부가 비상금을 유산으로 남겨준 것을 의미할 수도 있다. 그러나 이들의 새로운 사업에는 그 보다 더 큰 자본이 필요하다. 후원자가 생기는 것일까? 물론 타인의 자산으로 가게에 물건을 사들일 수 있다는 의미이기도 하다.

9월

인내심 – 처녀자리의 목성

처녀자리에 위치한 목성은 세속적인 영향력이 강하다. 목성은 확장과 성장을 상징한다. 목성이 세심하고 섬세한 처녀자리에 위치하면, 더 많은 시간과 인내심이 필요하다는 의미가 된다. 오랫동안 해온 일에 대한 실적 평가가 이루어진다는 의미를 지닌 것이 바로 이 카드이다. 리나와 에드는 수 천 가지의 진귀한 모든 물건을 다루는 사업을 하므로, 가게에 있는 모든 물건들이 9월이 되면 가치가 높아질 것이다.

10월

영향력 – 천칭자리의 수성

정말로 우연의 일치로, 원래 제자리에 카드가 나온 것이다. 일년 열 두 달을 황도 12궁으로 보았을 때, 이 천칭 카드의 원래 위치가 천칭궁이다. 활발한 수성이 천칭자리에 위치하면 많은 논의가 생기고, 새로운 친구와 여러 가지 도움이 될 만한 조언을 얻을 수 있다. 골동품 가게를 운영하려면 무엇을 아느냐 보다는 누구를 아느냐가 더 중요하다. 경매장을 잠시 방문하면 (수성과 관련이 있음), 라나와 에드는 지식뿐만 아니라 자신들에게 필요한 사람들을 만나게 될 것이다.

11월
협상 – 천칭자리의 목성

목성은 법적인 일과 관련이 있다. 목성이 천칭자리에 위치하면 어떠한 계획에 관해 찬반 논의가 있을 것이라는 의미이다. 여기에서는 중요한 계약이나 법적 문서가 일년의 성공을 좌우한다는 암시이다. 지루한 일일 수도 있지만, 사업적인 면에서 본다면, 이 11월이 일년 중 가장 중요한 시기가 될 것이다.

12월
의기양양 – 황소자리의 달

황소자리의 달은 안락한 삶에 관해서 말해주는 멋진 카드이다. 전통적으로 달이 황소자리에 위치하면 의기양양해진다. 달과 황소자리가 결합하면, 일이 잘되어 가서 편안하고 안락한 느낌을 준다. 이 카드는 소유를 의미하기도 한다. 물론 여기서는 이 부부의 가게와 관련이 있으므로, 일년 중 이 시기에 판매율이 높아질 것이다. 분명히 중요한 것을 얻게 될 것이다. 아마 크리스마스 즈음에 이익이 높아질 것이다.

1월
비전 – 물고기자리의 태양

1월을 상징하는 이 자리에 이 카드가 나오기란 정말 쉽지 않다. 태양이 물고기자리에 위치하면, 타인의 감정에 대한 동정심이 강해지고, 심지어는 타인의 생각까지 알 수도 있다. 이것을 라나와 에드의 사업과 연관시켜보면, 이들이 사업에 잘 맞춰가고 적응하기 시작한다는 의미이다. 곧 몇 달 후면, 고객들의 취향에 맞는 물품이 어떠한 것인지를 파악하게 될 것이다.

2월

다재다능 - 쌍둥이자리의 태양

쌍둥이자리의 태양은 생각이 예리하고 민첩하며, 늘 활동하려고 한다. 이 카드는 한 번에 여러 가지 일을 할 수 있다는 의미이다. 이 부부에게는, 이전에 번 소득으로 새 품목을 사들이기에 좋은 시기이다. 쌍둥이자리는 여러 짧은 여행을 의미하므로, 경매장과 현금점두판매점을 왕래하게 될 것이다.

3월

사랑 - 사자자리의 금성

와! 이 카드가 나오면, 불꽃이 활활 타오르게 된다. 금성이 사자자리에 위치하면, 강한 사랑의 감정을 느껴 바람을 피게 된다. 그러나 리나와 에드는 행복한 결혼 생활을 하고 있기 때문에, 결혼 생활이 깨진다는 의미가 아니다. 이들은 새로 시작한 사업에 몰두하고 있기 때문에, 농업을 할 때 느끼지 못했던 서로의 관계에 대한 새로운 기쁨을 알게 된다는 의미이다. 리나와 에드는 서로를 사랑한다. 가게에서 판매하는 물건, 경매에서의 낙찰, 새로운 발견과 연구 등에 대해서도 애정을 갖고 있다. 사업으로 인해 이들의 인생이 변화할 것이며, 이들은 항상 함께 일할 것이다. 물론, 사랑으로 말이다.

4월

낙천주의 - 궁수자리의 달

궁수자리의 달은 앞을 내다볼 수 있다. 이 외에 무슨 말이 더 필요하겠는가? 이 카드는 길하고 긍정적인 점괘이다.

5월

자기 주장 - 양자리의 태양

양자리의 태양은 자신만의 독특한 자기 주장과 의식(意識)을 상징한다. 리나와 에드가 이전부터 원했던 대로 가게 이름을 바꾸고 새로 페인트칠을 하기에 좋은 시기이다. 이들은 사업 실적을 보면서 계속 걱정을 해왔다. 그래서, 행복하게 살기 위해서 앞으로도 열심히 열정적으로 일할 것이다. 이 달이 성공할 수 있는 시기이다.

6월

극단주의 - 전갈자리의 수성

수성과 전갈자리가 만나면 모든 것이 변화하려고 한다. 현재의 명예에 만족할 시기가 아니다. 널리 알려서 그 여세를 계속 몰아가야 할 시기이다.

중앙 카드

투기 - 게자리의 목성

마지막 중앙 카드는 한 해를 종합해준다. 여기에서는 투기를 상징하는 카드가 나왔는데, 전반적으로 나쁘지않은 한 해를 의미한다.

결과

일년 후, 라나와 에드의 사업은 놀라울 정도로 예언과 일치했다. 그러나 12월에 새로운 토지를 얻었다. 이들은 **오**래되었지만 안전한 건물을 가게 근처에 얻어, 창고로도 쓰고 세를 놓기도 했다. 에드의 장애에 대해 8월에 (상속이 있을 것이**라**는 점괘와 일치한 시기임) 지급된 보험금을 이용하였다.

일년 운세 보기 : 사례 2

이것은 안드레아(Andrea)와 마틴(Martin)이 5월에 와서 본 점괘이다. 황량한 도시 변두리에서 몇 년간 중학생을 가르친 후, 마틴은 소박하게 살고 싶은 생각이 들었다. 그래서 열 네 살인 아들 잭(Jack)을 건강에 좋고 안전한 환경으로 데려 가기로 안드레아와 합의했다. 마틴은 상속받은 재산이 있어서, 집을 팔고 프랑스로 가기로 했다. 이들의 꿈은 농장에서 자급자족하여 편하게 살고, 건물 몇 채를 숙박업으로 사용하고 토지를 임대하여 수익을 얻고자 하는 것이었다. 이러한 일들이 한 해 동안 잘 되어갈지 알아보기 위해 카드 점괘를 보았다. 점성술에서 한 해의 시작은 4월이지만, 점괘를 보러 온 시기가 5월이었으므로, 5월을 상징하는 두 번째 카드부터 살펴보았다.

5월

다재다능 - 쌍둥이자리의 태양

쌍둥이자리의 태양은 아이디어가 솟아나는 곳이며, 논의와 계획이 많아지며, 대안도 많이 생긴다. 대안이 많은 만큼 어떠한 것을 **선택**해야할지 혼란스러워질 수도 있겠지만, 계획을 열정적으로 잘 시작할 수 있다는 징조이다. 쌍둥이자리는 항상 짧은 여행을 암시한다. 실제로 5월에 안드레아와 마틴은 프랑스의 샤랑트(Charente) 지역에 일주일동안 가있으면서, 변호사 친구가 그들에게 딱 좋을 것이라고 소개해준 땅을 살펴보았다.

일년 운세 보기 : 사례 2

6월

낙천주의 – 궁수자리의 달

이 카드는 점성술에서 기쁨을 상징하는 것이다. 달은 집과 가정을, 궁수자리는 해외 장소를 지배한다. 이 카드는 큰 희망과 기쁜 감정을 의미한다. 이 카드가 제3궁에 놓여 졌기 때문에, 중개인과 계약을 맺어서 현재의 집을 팔 수 있고, 해외 이주에 대해 더 많은 것을 배우게 된다는 의미이다.

7월

재물 – 염소자리의 토성

토성은 종종 더 많은 책임감과 여러 가지 매우 힘든 일을 상징하지만, 원래 위치인 염소자리와 결합된 것이므로 훨씬 더 행복한 운세를 제공해준다. 토성과 염소자리의 성향은 신중하고 야심적이고 조심스럽기 때문에, 어떠한 거래든 좋게 성사된다. 재물도 잘 벌어들일 수 있다. 이 카드가 제4궁에 나타났기 때문에, 이들 부부는 집을 내 놓은 지 일주일 정도 후면 집을 굉장히 좋은 가격에 팔 수 있을 것이다.

8월

풍부한 자원 – 게자리의 태양

다른 여러 점괘와 마찬가지로, 이 카드 역시 질문과 직결된 것이다. 게자리의 태양은 가정 생활을 상징하고, 이 점괘가 제5궁에서 나타나면 자녀의 욕구가 최우**선**적으로 떠**오**르게 된다. 도회지에서 가장 멀리 떨어진 지역을 특히 고려하여 잭의 학교 교육에 대해서 면밀히 검토해야한다는 의미이다.

9월

협상 – 천칭자리의 목성

목성은 종종 법적인 일과 관련이 있고, 목성이 천칭자리에 위치하면, 대체로 사업에 관한 논의가 계속 이어진다는 의미이다. 여기에서는 일년의 성공을 보장해줄 수 있는 중요한 계약이나 법적 서류를 작성하게 된다는 암시이다. 사업상 일년 중 가장 중요한 달이 될 것이다.

10월

감상 - 사자자리의 달

　이것은 지금 하고 있는 일에 대해 높은 평가를 받고 있다는 것을 알려주는 카드이다. 달이 사자자리에 위치하면, 특히 자녀와 그들의 행복과 관련이 깊다. 이 카드가 제7궁에 나타났기 때문에, 안드레아와 마틴은 마치 새로 사귄 연인처럼 부부간의 애정과 기쁨이 넘쳐난다는 의미이다.

11월

속임수, 허세 - 쌍둥이자리의 목성

　이 카드는 프랑스로 이사 가는 것을 나타낸다. 쌍둥이자리는 이동, 이중성, 외국어 등을 상징하고, 목성은 여행과 외국인과의 접촉을 의미한다. 목성은 즉흥적으로 낙천적인 성향을 크게 발산한다.

12월

기업 - 양자리의 목성

　양자리는 행동과 관련된 별자리이므로, 편하게 있을 시기가 아니라는 의미이다. 여기에 목성의 충동성이 더해졌기 때문에, 이 달 4주 동안은 끊임없이 집중적으로 계획을 실천해야 좋은 결과를 얻을 수 있다.

1월

비밀 - 전갈자리의 금성

　전갈자리는 은밀한 별자리이고, 금성과 결합되면 숨겨 놓은 애인이나 욕망, 열정 등을 의미한다. 제10궁은 모든 것을 사람들 눈에 띄게 하므로, 이 달에는 뭔가 숨겨진 것이 드러날 것이다. 전반적인 질문의 내용이 프랑스로 이사 가는 것이기 때문에, 토지에 관해 (금성은 토지와 관련된 제2궁을 지배함) 예상치 못했던 것을 발견한다는 의미가 된다.

2월

손실 - 물고기자리의 토성

언뜻 보기엔 1월의 카드를 언급하는 듯하다. 이 점괘는 경제적인 손실을 의미하는 것일 수도 있다. 어떠한 손실인지에 대해서는 카드를 더 뽑아 보아야 알 수 있다.

3월
결정 - 쌍둥이자리의 화성
아마 2월에 발생한 일로 인해서, 이 달에는 뭔가를 확고하게 결정해야 할 것이다. 화성은 아이디어를 움직이고, 현재의 문제에 대한 가장 좋은 해답으로 결정된 것이**라**면 무엇이든지 행동으로 옮겨야 한다.

4월
인내심 - 전갈자리의 태양
전갈자리의 태양은 변화와 결단의 한 해가 될 것이**라**는 의미이다. 전갈자리의 성취는 변화와 향상을 위해 고의적으로 풍파를 일으켜 이루어낸 결과이다. 이 달은 스스로를 테스트해 볼 시기이다. 이 카드는 한 해의 발전에 대해 말해주는 것이다.

중앙 카드
이상주의 - 물병자리의 태양
마지막 중앙 카드는 한 해를 종합해준다. 안드레아와 마틴은 자신들의 세계를 바꾸려는 꿈과 욕구를 갖고서 한 해를 시작했다. 물병자리는 모든 이상주의자들처럼 새로운 시각으로 문제를 바**라**보고 싶어 한다.

심화 점괘
2월의 '손실' 카드가 우려된다. 이 위치에다 카드를 넉 장 더 뽑아서, 4주 동안 발생할 사태에 대해서 알아볼 수 있다. (다음 페이지 그림 참조)

1주 / 우정 - 게자리의 달
이것은 정서와 관련된 카드로서, 친구와 관련된 제11궁의 위치를 강화시켜준다. 친구가 찾아오거나, 편지 또는 전화로 친구와 연락하게 될 것이다.

자립 　　　　 도피 　　　　 반항 　　　　 우정 　　　　 제11궁 : 2월 　　　　 제10궁 : 1월

2주 / 반항 - 물병자리의 화성

화성이 변덕스러운 물병자리에 있기 때문에 논쟁이나 의견차이가 있을 것이다. 물병자리는 성격이 단호하므로, 반대 의견이나 이의 제기를 할 것이다.

3주 / 도피 - 물고기자리의 화성

화성은 항상 충동적으로 행동하고, 물고기자리는 대립을 견디지 못한다. 따라서, 이 카드는 문제로부터 달아나려는 욕구를 상징한다. 완전히 물리적으로 도피하는 것일 수도 있고, 카드에 그려진 온화한 부처처럼 정신적으로 문제를 차단하려는 것일 수도 있다.

4주 / 자립 - 물병자리의 달

이 카드는 압박감을 제거하고, 타인의 영향에서부터 자유롭고 초연하게 해준다.

결과

2년 동안 가족들이 잘 정착해서 새로운 삶을 살고 있다. 1월의 '비밀' 은 새로운 토지에 딸린 나무가 우거진 땅이었다. 원래 문서에는 이 땅이 표시가 되어 있지 않았지만, 실제로 안드레와 마틴의 소유였다. '친구' 의 의미는 알고 보니 마틴의 원수 같은 형이 찾아 온 것을 상징하는 것이었다. 그 형으로 인해 열흘 동안 집이 난리법석이었다가, 갑자기 형이 떠나버렸고, 이후 가족 간의 불화가 계속 이어졌다. 자금이 부족해서 건물 하나만 숙박업으로 운영하고 있다. 그러나 이 부부는 낙천적이고 여전히 열정을 갖고 있다.

이 방식으로 운세를 보려면, 알고 싶은 내용에 대한 질문을 생각하면서 카드를 섞는다. 일년 운세 보기 방식(122 페이지 참조)과 마찬가지로 12장의 카드를 반시계 방향으로 한 장씩 그림이 보이지 않게 엎어놓는다. 질문과 관련된 궁에 놓여진 카드를 펴본다. 예를 들어, 경제와 재산에 관한 질문은 제2궁에 놓여진 카드를, 가족과 가정에 대해서는 제4궁에 놓여진 카드를 펴보면 된다. (각 궁과 인생 영역과의 관련성에 대해서는 13~16 페이지 참조)

호러리 운세 보기 : 사례 1

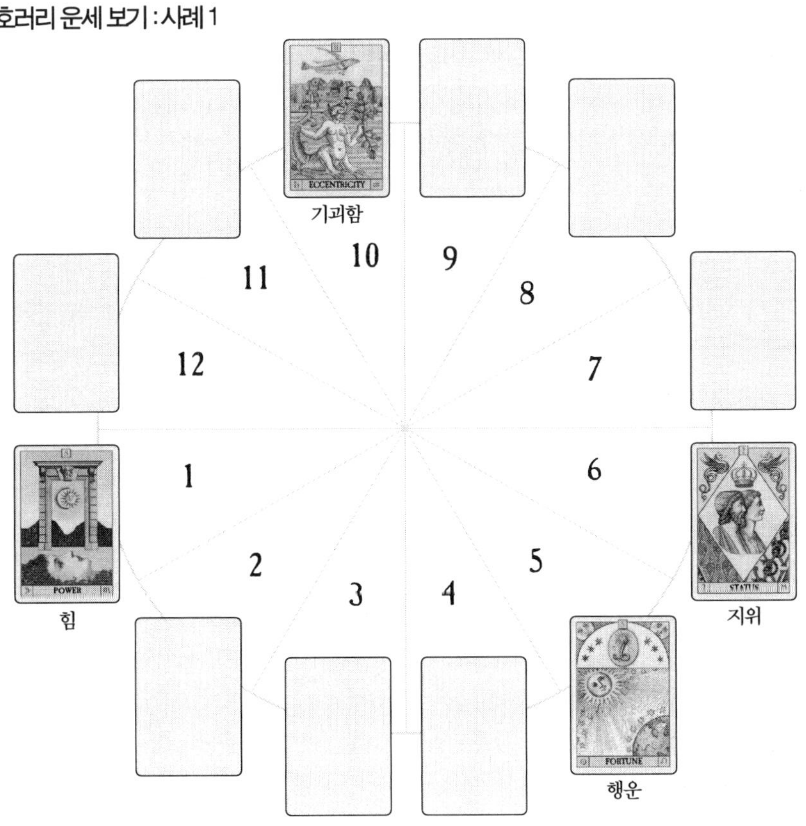

호러리 운세 보기 : 사례 1

"내가 취직할 수 있을까?"에 관한 질문에 대해서는 다음 궁에 놓여진 카드를 보면 된다.
(앞장 135 페이지 그림 참조)

제1궁　: 질문자에 관해서 알려준다.
제5궁　: 운과 경쟁에 관해 알려준다.
제6궁　: 일과 관련이 있다.
제10궁 : 직업에서의 위치와 지위를 알려준다.

종합

관련 카드로 보았을 때, 질문에 대한 대답은 '예' 이다. 태양 카드로 시작하는 것이 좋은 조짐이다.

제1궁

힘 – 전갈자리의 달

이 카드는, 질문자가 도전 과제에 맞서왔고, 어떤 경쟁이든 자신감이 있다는 의미이다.

제5궁

행운 – 사자자리의 태양

이것은 분명히 승리자를 상징하므로, 질문자는 취직할 수 있을 것이다.

제6궁

지위 – 황소자리의 목성

제6궁에 나온 이 카드는, 질문자가 명성을 떨칠 중요한 직업을 상징한다.

제10궁

기괴함 – 물병자리의 토성

질문자의 직업이 자신의 기대와는 다르다는 것을 알게 된다는 의미이다.

호러리 운세 보기 : 사례 2

"우리가 이 사람들에게 집을 팔 수 있을까" (아래 그림 참조)에 대해서는 그에 해당하는 궁에 놓인 카드를 보고서 답을 알 수 있다.

호러리 운세 보기 : 사례 2

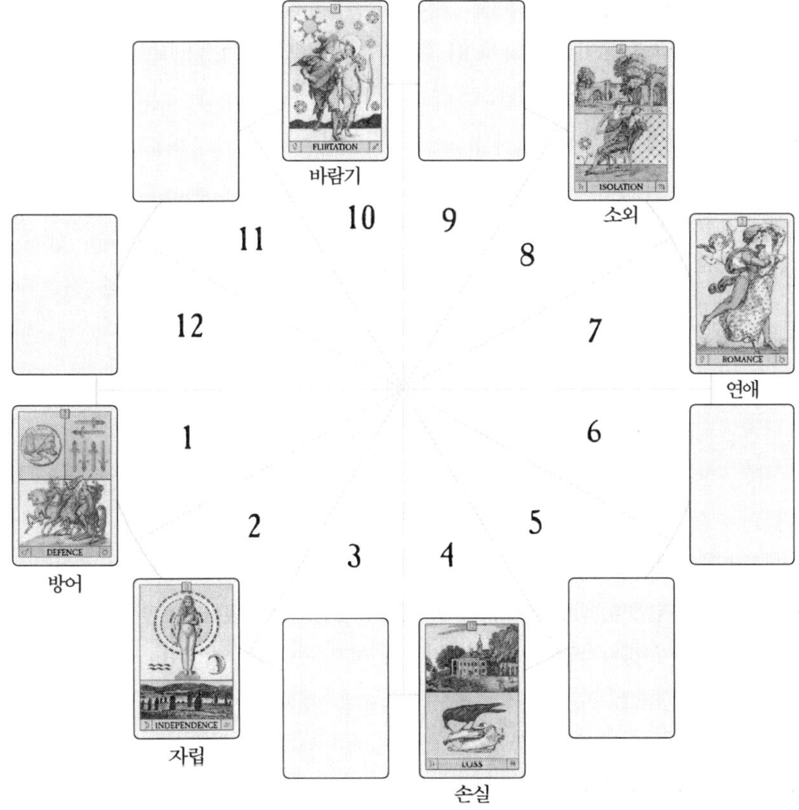

제1궁 : 집을 파는 사람(**질문자**)에 대해 알려준다.   제2궁 : 집을 파는 사람의 금전에 대해 알려준다.

제4궁 : 토지와 관련이 있다.   제7궁 : 집을 사는 사람의 입장에 대해 알려준다.

제8궁 : 집을 사는 사람의 금전에 대해 알려준다.   제10궁 : 팔려고 내놓은 토지의 가치와 관련이 있다.

종합

첫눈에 보기에 길한 운세이다. 다만, 토지와 관련하여 '손실'을 상징하는 토성/물고기자리 카드가 나왔다. 이제 자세히 살펴보도록 하자.

제1궁

방어 – 황소자리의 화성

집을 파는 사람이 '방어자' 라는 의미이므로, 집 가격을 고수할 것이다.

제2궁

자립 – 물병자리의 달

집을 파는 사람이 은행에 저축한 돈이 있을까? 제2궁에 '자립' 카드가 나왔기 때문에, 질문자가 돈에 대해 크게 걱정하지 않는다는 의미이다.

제4궁

손실 – 물고기자리의 토성

토지에 관한 궁에 나타난 이 카드는 우려되는 것이다.

제7궁

연애 – 황소자리의 금성

사려는 사람이 집을 마음에 들어 한다. '연애' 카드는 첫 눈에 반하는 사랑이므로, 집을 사려는 사람의 금전을 살피기 전까지는 거래가 잘 될 듯하다.

제8궁

소외 – 처녀자리의 토성

집을 사는 사람이 금전적인 문제가 있어, 집값을 마음에 들어 하지 않을 수 있다는 의미이다. 처녀자리는 너무 비판적인 성향이 있고, 때로는 능력이 되면서도 쾌락의 대가를 많이 치르지 않으려고 한다.

제10궁

바람기 - 궁수자리의 금성

팔려고 내놓은 토지의 가치를 평가하기 위해 제10궁에 있는 카드를 펴보았더니, 바람기 카드이다. 거래가 전반적으로 그리 심각하지 않다는 의미이다. 집을 사려고 하는 사람은 전형적으로 시간을 끄는 사람이다. 그는 집이 마음에 들면서도 호기심으로 이리저리 살펴볼 것이다.

아마, 손실 카드는 집주인이 정든 집을 떠나기가 좀 아쉽게 여긴다는 의미인 듯하다. 결국엔 질문자가 집을 팔지 않게 될 것이고, 그것에 대해 걱정도 많이 하지 않을 것이다.

호러리 운세 보기 : 사례 3

"내 아들이 이 여자 친구와 결혼해야 할까, 그리고 경제적으로 결혼할 여유가 될까?"라는 질문에 대해서 다음 궁에 놓인 카드를 살펴보도록 한다. (다음 페이지 그림 참조)

제1궁　: 아들에 관한 것이다.
제2궁　: 아들의 경제력에 관한 것이다.
제7궁　: 여자 친구에 관한 것이다.
제8궁　: 여자 친구의 경제력에 관한 것이다.

종합

남자는 과소비적이고, 자신이 원하는 것에 대한 확신이 없다. 여자는 신중한 사람이다.

제1궁

협상 - 천칭자리의 목성

아들이 '협상' 카드로 나타났는데, 이는 천칭자리의 영향으로 인해 자신이 원하는 것에 대해 확신이 없다는 의미이다.

제2궁

감상 - 사자자리의 달

사자자리가 아들의 경제력을 지배하기 때문에, 과소비적이고 아름다운 것을 좋아한다.

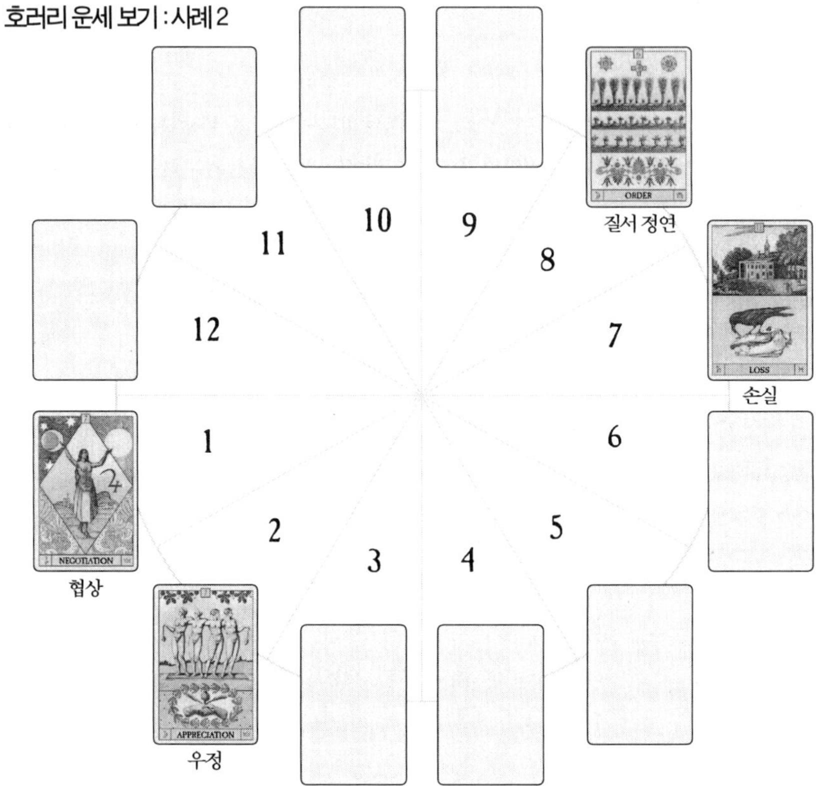

제7궁

손실 – 물고기자리의 토성

  여자 친구는 '손실' 카드로 나왔다. 돈이든 자유든, 자신이 현재 갖고 있는 것을 잃어버릴 것을 걱정한다는 의미이다.

제8궁

질서정연 – 처녀자리의 달

  여자의 금전이 '질서정연' 카드에 지배되는데, 계획을 세워 조심스럽게 돈을 쓸 것이다. 남자의 어머니는 걱정할 필요가 없다. 아들과 이 여자 친구는 절대 결혼하지 않을 것이다.

태양 신탁 카드를 이용하여 다른 방식으로도 운세를 볼 수 있다. 전통적인 타로 방식을 이용해도 흥미로운 결과를 얻을 수 있다. 점성술 카드를 사용하는 방법은 무궁무진하다. 경험이 많은 점성술사라면 자신만의 방식을 만들어 낼 수 있을 것이다.

점성술에서 중요한 요소는 360도 원을 황도 12궁처럼 분할하는 것이다. 이것을 바탕으로, 두 가지 새로운 방식을 실험해보았다. 하나는 카드 세 장을 펴보는 '3분의 1 대좌' 방식(120도 간격으로 카드를 보는 방식)이고, 다른 하나는 카드 네 장을 펴보는 '기본 4궁 십자' 방식 (90도 간격으로 카드를 보는 방식)이다. 전반적인 질문에 대한 답을 얻을 때 사용해 볼 수 있는 방법들이다. '기본 4궁 십자' 방식은 한 두 사람의 운세를 잠시 봐줄 수 있는 좋은 예이다. 물론, 다른 사람들은 모르게 개인적으로 조용히 알려줘야 한다.

구체적인 질문에 대해 생각하거나, 지금 순간이나 가정이나 사랑에 관련된 일이 어떻게 되어갈 지에 대해서 집중하며 카드를 섞는다. 카드 12장을 역시 반시계 방향으로 한 장씩 엎어 놓는다. 그러나 제1궁, 제5궁, 제9궁에 놓인 카드만 펴본다.

3분의 1 대좌 방식 운세 보기 사례

다음 페이지의 그림은 미디어 사업에 종사하는 친구를 대신하여 본 점괘이다. 질문 내용은 전반적인 것이었다.

제1궁 : 질문자에 관한 것이다.

제5궁 : 질문자의 창의성에 관한 것이다.

제9궁 : 질문자의 인생이 어떻게 펼쳐지느냐에 관한 것이다.

종합

이 점괘는 질문자의 직장 생활에 관해 알려주는 것이다.

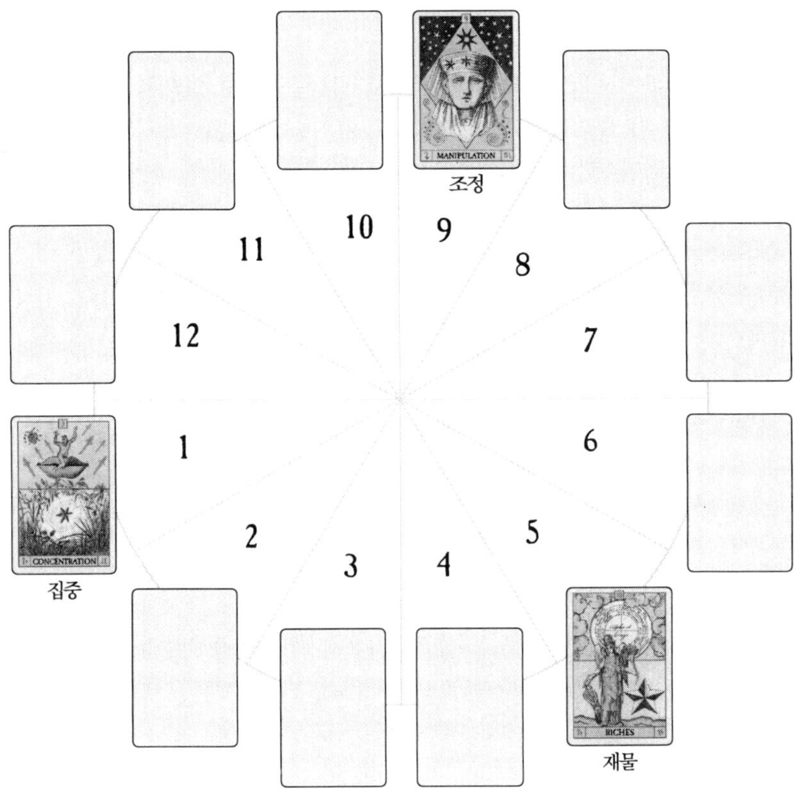

제1궁

집중 – 쌍둥이자리의 토성

제1궁 위치에 '집중' 카드가 나왔는데, 이는 질문자가 직장에서 오랫동안 헌신적이고 끈기 있게 열심히 일해오고 있다는 의미이다.

제5궁

재물 – 염소자리의 토성

창의적인 면에서 재능이 풍부하다는 의미를 담고 있는 카드이다.

제9궁

조정 – 전갈자리의 목성

질문자는 직장에서 영향력을 미칠 수 있는 힘을 갖게 되어 인생의 질이 높아질 것이다.

기본 4궁 십자 방식 운세 보기

구체적인 질문이나, 지금 순간 알고 싶은 인생 영역에 대해 생각하면서 카드를 섞는다. 카드 12장을 반시계 방향으로 엎어놓는다. 제1궁, 제4궁, 제7궁, 제10궁에 놓인 카드만 편다.

기본 4궁 십자 방식 운세 보기 사례

다음 페이지의 그림은 전반적인 내용을 물어본 존(Joan)의 점괘이다.

제1궁　: 성격과 관련이 있다.　　제4궁　: 가정과 가족에 관한 것이다.

제7궁　: 관계 / 결혼에 관한 것이다.　　제10궁 : 직업이나 목표 성취에 관한 것이다.

종합

존은 변화할 준비를 하고 있으며 자기답지 않은 방식으로 행동하려 한다.

제1궁

반항 – 물병자리의 화성

여기에서는 자신의 성격과 반대되는 행동을 한다는 것을 의미한다. 존은 자신의 상황에 만족하지 못하고 있다.

제4궁

감정이입 – 물고기자리의 달

존은 자신의 모든 가족을 책임지고 있다. 물고기자리의 달은 감수성이 매우 풍부하기 때문에, 타인이 원하는 대로 되어가기 쉽다.

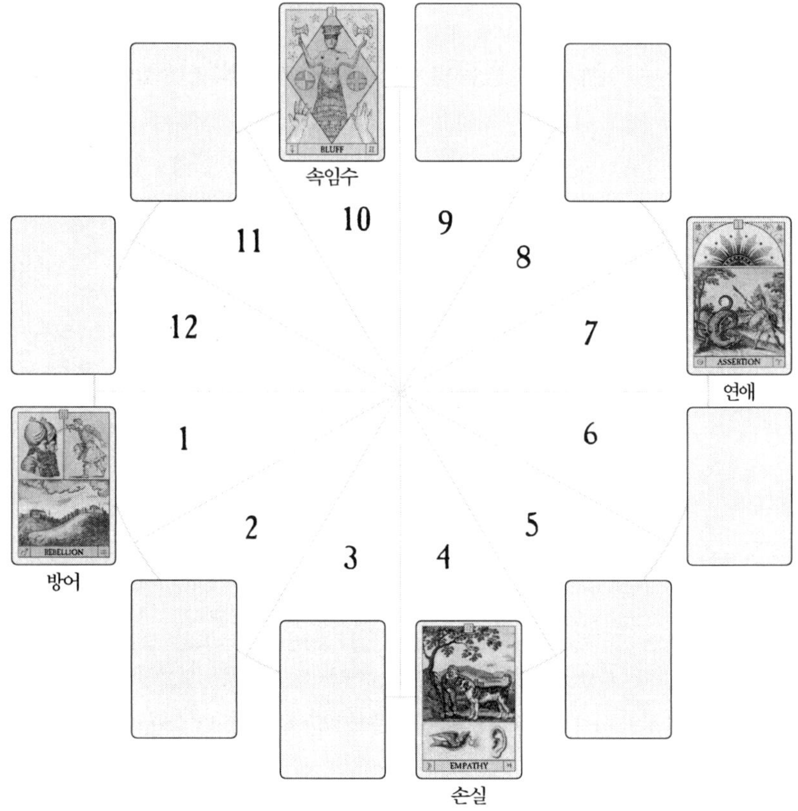

제7궁

자기주장 – 양자리의 태양

인간관계에 있어서 단호한 입장을 취하려는 욕구이다. 양자리의 행동은 즉각적이며 진실적이다. 반드시 행동을 취해야 한다. 태양 카드는 모두 길한 것이므로, 일이 잘 풀릴 것이다.

제8궁

속임수 – 쌍둥이자리의 목성

목성은 확장을 의미한다. 존은 아마 지금껏 변화해온 것 보다 훨씬 더 많은 변화를 이룰 것이다.

더 많은 가능성

이 〈선 오라클〉 카드를 이용하여 운세를 볼 수 있는 방법은 끝이 없다. 누구든지 많이 접하고 사용하다보면 자신에게 가장 알맞는 방식을 찾을 수 있다. 카드 한 장으로 자신이나 파트너를 위해 알아볼 수도 있고, 카드 한 장을 이용하여 하루를, 카드 일곱장을 이용하여 일주일 운세를 파악하는 등, 방법은 여러가지이다. 자신의 본능에 따라서 경험을 쌓아 나가면 되는 것이다. 실험하는 것을 두려워해서는 안된다. 그대에게 행운이 있기를!

감사의 글

에디슨 새드(Eddison Sadd)에 있는 팀에게 감사의 말씀을 드립니다. 특히, 리즈 휠러(Liz Wheeler)는 우리의 창의적인 변덕과 요구를 지칠 줄 모르게 다 받아 주었습니다. 카메라와 컬러 인쇄가 발명되기 수세기 전 수천 명의 무명 조각가들의 누고가 있었기에 이 책이 나올 수 있었습니다. 그들에게 이 책을 바치는 바입니다. 그들의 작품은 여전히 독창성과 강력한 힘이 있어, 초현실주의자 맥스 언스트 (Max Ernst) 와 1920년대 및 1930년대의 여러 미래파와 다다이즘 예술가에게 영감(靈感)을 불어 넣어주고 있습니다. 그리고 여러 소장품을 모아서 출판해 주신 도버 출판사(Dover Books)에도 감사의 말씀을 전합니다.

옮기고 나서

점술(占術)이라는 용어에 대한 일반 사람들의 반응이나 견해는 다양할 것이다. 미신(迷信)이나 비과학적인 것이라고 여길 수도 있고, 우리 삶에 도움을 줄 수 있는 방법 중의 하나라고 여기는 사람도 있을 것이다. 또 그냥 재미 삼아서 보는 것으로서, 믿어도 그만 안 믿어도 그만이라고 여길 수도 있을 것이다. 어찌되었건, 점술은 인류가 시작되었을 때부터 어느 국가나 사회에 상관없이 존재해 오고 있다. 비록 점술을 부정적인 시각으로 보는 사람이라 할지라도, 한번쯤은 신문에 나오는 띠별로 보는 오늘의 운세라든지, 별자리로 보는 운세 등을 재미 삼아서라도 본 적이 있을 것이다. 이렇듯 점술이 우리 일상생활에 밀접해 있는 것은 사실이다.

서양에서 사용되고 있는 점술 중에서 일반인들에게 가장 널리 알려진 것은 별자리 운세일 것이다. 그리고 최근 몇 년 사이 타로(Tarot) 카드가 국내에서 인기를 끌고 있다. 당그래출판사로부터 이 책의 번역을 의뢰받으면서 출판사의 출판된 목록을 보니, 타로카드를 십 수 년 전

이미 국내에 처음 소개한 출판사인 것을 알게 되었다. 관심을 가졌던 이번 책을 번역하면서 내가 하는 일 또한 그와 관련된 시리즈임을 알고 속으로 기뻤다. 이것 역시 참으로 묘한 인연이다.

이번에 번역을 하게 된 〈선 오라클 (Oracle of the Radiant Sun)〉은 점성술(占星術)과 타로 카드의 요소가 결합된 형태라고 할 수 있다. 행성, 별자리, 궁(宮)의 결합을 통해 알고 싶은 내용에 관해 자세한 사항을 파악할 수 있다. 84장의 카드에 그려진 그림만 보고서도 어떠한 내용을 담고 있는지 파악하기 쉽다는 것도 장점이다. 책에 나와 있는 설명과 내용을 기초적으로 익힌 다음 카드의 그림을 나름대로 자세하게 보면서 분석하고 파악하다 보면 책에 실린 내용보다 더 깊고 자세한 사항을 제시할 수 있는 영감(靈感)을 누구나 키울 수 있을 것이다. 그리고 저자도 밝혔듯이, 카드를 사용하는 방법도 개인 나름대로 개발하고 발전시킬 수 있기 때문에, 더욱 친숙하고 쉽게 접할 수 있을 것이다.

번역하는 과정에서, 원문의 각 문장과 내용을 그대로 옮겼다가는 독자들이 이해하기 어려운 부분이 많겠다는 것을 느꼈다. 저자가 좀 더 쉽게 저술했으면 번역하는 입장에서나 독자의 입장에서 더 좋았을 것이라는 아쉬움도 많았다. 하지만 이 책을 읽을 우리나라 독자들이 그런 아쉬움을 갖지 않도록 하는 것이 번역자의 책임이라고 여겼다. 그래서 어떻게 하면 좀 더 쉽고 명확하게 옮길까하는 것이 다소 고민스러웠고 나름대로 최선을 다했다. 필요한 부분에는 '역주'를 두어 조금이나마 독자들에게 도움을 주고자 했다. 그리고 원문에 오류가 나타난 부분도 다소 있었지만, 그것을 바로 잡는 것은 전혀 어렵지 않았다. 그럼에도 불구하고 원문의 표현 중에는 문맥적으로 파악하기도 힘들고 사전에도 나오지 않는 것들도 몇몇 있었다. 그러한 표현은 부산광역시 교원연수원 원어민실에 수시로 문의하여 의미를 파악하여 번역할 수 있었다.

이 책을 접하는 많은 사람들이 살아가면서 겪게 되는 크고 작은 일에 대처하고 해결하는 방안을 얻고 좀 더 나은 생활을 할 수 있으면 하는 바람이다. 마지막으로, 이 책을 번역할 수 있게 해주신 당그래 출판사 이춘호 사장님과 의미 파악이 힘든 표현을 이해할 수 있도록 도움을 준 부산광역시 교원연수원 원어민들께도 감사드린다.　　　　　　　　　　번역자 : 김 균 태